이것은 미완(未完)으로 그친

어떤 미생(未生)들에 관한 잡설(雜說)이다.

독종과 별종들

김현식
소설집

도망쳐라, 잡히면 죽는다

달아실

차례

•

후리가리

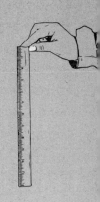

B급 잡지를 수십 년 동안 수집하면서 배운 게 하나 있다면, <우리가 살아낸 모든 시간은 사라지는 것이 아니라 망각을 통해 걸러진다는 것이고, 그렇게 걸러진 것이 현재라는 역사>라는 거다. 그러니까 지금부터 들려주려고 하는 것은 과거에 살았던 누군가에 관한 얘기일 수도 있겠지만 현재를 살고 있는 나와 당신에 관한 얘기일지도 모른다는 뭐 그런 얘기다.

#1. 후라가리

　밝은 동네, 명동은 서울에만 있는 게 아니다. 서울의 명동에는 못 미쳐도 한참 못 미치지만 1970년대의 춘천 명동은 서울의 명동 못지않은 유행과 젊음의 거리였다. 저녁이면 인산인해로 북적이며 불야성을 이루는 유흥가였다. 물론 열두 시 야간통행금지 사이렌이 울리면 그 많던 인파가 썰물처럼 빠져나가고 어느새 거리는 텅 비어 을씨년스러운 것이야 그 당시 전국 어디서나 볼 수 있는 풍경이었지만.

　1979년 10월 26일 금요일 오후 다섯 시, 여느 때와 다름없이 춘천의 명동에는 청춘의 낭만을 구가하려는 젊은이들이 삼삼오오 모여들어 어두워질 때까지 시간 때울 곳을 찾으러 당구장이나 다

방들을 기웃거리고 있었다.

떴다!

누군가의 급박한 목소리가 울려 퍼지자 느긋하던 걸음걸이들이 다급하게 뛰어가는 발소리들로 바뀌었다. 이리 뛰고 저리 뛰고 숨바꼭질이라도 하는 것일까.

명동 입구에 한 대, 반대쪽 춘성군청 앞에 한 대, 시커먼 닭장차가 양쪽을 막아서고 정복 차림의 경찰관들과 방범대원들이 우르르 쏟아져 나와서는 다짜고짜 멀쩡히 길 가는 청춘남녀들을 구석으로 몰아세우기 시작했다. 후리가리(경찰의 일제 단속)가 뜬 것이다.

남자가 머리를 기르는 것도 여자가 짧은 치마를 입는 것도 범죄가 되는 하 수상한 시절이었다. 남자의 경우 장발족의 단속 기준은 옆머리가 귀를 덮거나 뒷머리가 상의 깃에 닿으면 '풍속사범단속법' 위반이었고 여자들의 경우 치마를 입었을 때 무릎 위로 12센티미터 이상 허벅지가 드러나면 역시 '미풍양속을 해치는 저속한 옷차림'에 따른 경범죄 처벌 대상이었다.

후리가리를 미처 피하지 못한 청춘 남녀들은 순식간에 그물에 걸린 물고기 떼처럼 구석으로 몰렸다. 여자들은 치마를 연신 끌어내리고 남자들은 손에 침을 묻혀 머리를 넘기거나 목을 길게 빼며 이 순간을 어떻게든 모면하려 하는 것인데, 대나무 자를 회초리처럼 들고 있는 경찰들 앞에 일렬로 늘어선 채 발을 동동 구르며 눈치를 보는 청춘들이라니. 하여튼 울어야 할지 웃어야 할지 이러한 촌극이 전국에서 매일같이 벌어지던 때였다. 지금이 무슨 구한말 단발령이 내린 때도 아니고….

그렇다고 모든 사람이 다 즉결 심판에 넘겨지거나 구류처분을 받는 것은 아니었다. 아주 심한 장발족이 아니라면 단속 현장에서 그저 가위로 한쪽 귀밑머리나 싹둑 자르고는 훈방조치로 보내주었다. 치마의 길이도 재는 사람 마음이었다. 사실 눈대중이란 게 엿장수 마음이라 상대가 아는 얼굴이라면 눈짓 한 번 하고는 가까운 이발소로 가라 손짓하며 보내주기도 하는 것이니 그야말로 이현령비현령(耳懸鈴鼻懸鈴)이었다.

이런 후리가리에 가끔 거칠게 반항을 하는 치들도 있지만 그건 일행이나 지나가는 행인들 앞에서 짐짓 센 척 유세를 부린 것이고 막상 파출소나 경찰서로 연행되어 가면 언제 그랬나 싶게 순한 양이 되는 것이니 양털 깎이듯 순순히 머리를 자르고 풀려나오는 것이 다반사였다. 물론 순한 양이 되기를 거부하는 엉덩이에 뿔난 송

아지도 가끔 나오게 마련인데, 그래 봐야 결국 괘씸죄가 적용이 되었으니 옆머리에 바리깡으로 고속도로가 개통되는 수모를 겪어야 했다.

한편 후리가리에도 상도라는 게 있긴 했다. '업소 안까지는 쫓아 들어가지 않는다. 닭갈비 골목으로 통하는 좁은 길은 막아서지 않는다.' 등등 지역마다 조금씩 다르긴 했지만 어쨌든 상도라는 게 있었고 그것은 일종의 불문율 같은 것이었다. 쥐도 막다른 골목으로 몰지는 않는다는데, 피할 곳 하나는 남겨 두는 것이 인지상정 아니겠는가? 그런 이유도 있지만, 지방의 작은 도시라는 곳이 다 그러하듯이 한두 사람만 건너면 모두가 일가요 친척이었다. 한 집 건너 두 집 건너 입을 맞추다 보면 서로 삼촌 친구요 막내 동창이라 걸리지 않는 관계란 외려 찾아보기 어려운 동네였다. 아무리 나라에서 정한 법이고 위에서 시킨 일이라 해도 경찰 이전에 누구네 집 첫째고 둘째이기도 한 것이니, 남의 집 담을 넘거나 취한 사람 뒤통수 쳐서 지갑을 훔친 것도 아니고 기껏 제 머리카락 기르고 자기 허벅지 조금 내놓은 것 가지고 괜히 좁은 바닥에서 알고 보면 일가요 친척인 사람들과 척을 지는 것이 말이나 되겠는가, 좋은 게 좋은 거라는 생각을 다들 하고 있는 것이었다.

그러니 후리가리를 한다지만 겉만 요란할 뿐 실은 그저 근동인

홍천이나 화천, 양구, 가평 등지에서 서울 물 비슷한 것이나마 구경삼아 춘천에 나들이 온 촌것들이나 입대한 친구나 애인을 면회하러 왔다가 춘천에 잠깐 들른 서울, 부산 등지에서 온 외짓것들로 대충 머릿수를 채우자는 속셈일 뿐이었다. 그렇게 그날의 후리가리도 시작은 요란했지만 끝은 싱겁게 마무리되었다.

#2. 돌아온 장고

그러나, 그러나 말이다. 어느 곳에서나 어느 조직에서나 앞뒤가 꽉 막힌 융통성이라고는 눈 씻고 찾아볼 수도 없는 도무지 요령부득인 고문관, 고집불통, 꼴통, 독불장군, 벽창호, 옹고집, 외곬은 있게 마련이다.

기왕에 벽창호 얘기가 나왔으니 이 얘기는 좀 짚고 가야겠다. 흔히 매우 우둔하고 고집이 센 사람을 '벽창호'라고 하는데 실은 벽창우(碧昌牛)가 변한 말이다. 벽창(碧昌)은 평안북도 벽동(碧潼)과 창성(昌城)이라는 지명에서 한 자씩 따와 만든 말이다. 그러니까 벽창우(碧昌牛)는 "벽동과 창성에서 나는 소"라는 말이다. 예로부터 이 두 지역에서 나는 소가 덩치도 매우 크고 억세기로 유명했다고 한다. 그래서 크고 억센 소의 대명사로 벽창우라는 말이 쓰

독종과 별종들

인 것인데, 이것이 "고집이 세고 억세고 우둔한 사람"이라는 비유적인 의미로 확대되었고, 벽창호라는 말과 혼용되어 쓰이다가 지금은 벽창우보다는 벽창호라는 말이 더 널리 쓰이고 있다. 벽창호(壁窓戶)는 본디 "벽에 창문 모양을 내고 벽을 친 것"을 뜻하는 말이다. 요즘은 "고구마를 먹은 듯 답답하다"는 뜻으로 '고구마 답답이'라 부르고 또 그것도 줄여서 아예 '고답이'를 쓴다고 하는데 거기까지는 잘 모르겠다.

다시 본론으로 들어가면, 이 평화로운 소읍 춘천에 느닷없이 등장한 벽창우 아니 고답이, 스파게티 웨스턴식으로 말하자면 그야말로 〈돌아온 장고〉, 〈황야의 무법자〉가 있었으니, 그 이름도 크디큰 최대한이 되겠다.

유신 헌법이 선포된 이듬해인 1973년 어느 봄날, 춘천의 대표적 유흥가인 요선동과 명동을 관할하는 동부파출소에 방범대원으로 배치된 사내, 그가 바로 민중의 가위, 계량법의 개발자 최대한이다.

170센티미터의 중키에 호리호리한 체격, 구레나룻을 기르고 뱁새처럼 째진 눈에 뾰족한 턱, 얇은 입술의 차가운 인상을 지닌, 겉으로 보아서는 좀체 나이를 종잡을 수 없는 사내. 어쩌면 1964년 개봉한 영화 〈황야의 무법자〉에 나오는 클린트 이스트우드를 조금

닮았다고 할 수 있을까. 어찌되었든 동부파출소에 배치된 그 신참 방범대원이 그런 돌풍과 파란을 일으켜 춘천 시내를 초토화시킬 것이라고는 누구도 예측하지 못했다.

일설에 의하면 그는 군바리들이 설치는 대한민국에서, 군바리들조차 계급에 상관없이 벌벌 떨게 한다는 군바리 중의 군바리, 방첩대 출신이라고 했다. 그것도 중사인지 상사인지 암튼 잘나가던 하사관 출신이라고 했다. 그 끗발 좋은 부대에서 잘나가던 하사관이 어떤 곡절로 옷을 벗고 나왔는지, 무슨 곡절이 있기에 적지 않은 나이에 방범대원이 되었는지는 여러 설이 분분했으나 본인이 말을 안 하니 차마 묻지는 못하고 그저 궁금할 뿐이었다.

그러나 세상일이란 게 꼭 말로 해서 아는 것은 아니고 그 사람이 누군지 꼭 설명을 해주어야 아는 것도 아니지 않은가. 평소에도 각을 세운 유니폼에 반짝이는 워커를 신고 사진 속 맥아더 장군에게서나 볼 법한 라이방을 끼고 소위 방범봉이라는 방망이마저 구두약을 발라 반짝반짝 광을 내어 차고 다니는 것이니, 얼핏 봐도 예사 인물이 아님을 단박에 알 수 있다.

그런데 그가 춘천에 온 이후로 아무에게도 말한 적 없지만, 결코 적지 않은 나이에 방범대원으로 자원한 것은 사실 진정한 민중의 지팡이, 진짜 경찰이 되려는 꿈 때문이었다.

어릴 때는 영특하다 총명하다 뭐 그런 소리도 제법 들었지만, 그건 다 〈아! 옛날이여〉 지난 일일 뿐이고 이제는 머리가 굳어 언감생심 채용 시험에 붙을 자신이 없었다. 그러니 일단 방범대원으로 시작하기로 한 것이다. 방범대원이 되어서 강력 사건을 해결하거나 위기에 빠진 고위 인사의 목숨을 구해줘 정식 경찰관으로 특채가 되는 것. 그것이 바로 방범대원 최대한의 누구에게도 차마 말 못할 꿈이었다.

왜 홍콩 누아르에 보면 가끔 그런 장면이 나오지 않는가? 길 가던 노점 상인이 위기에 빠진 노신사를 구해줬는데 알고 보니 그가 흑사회의 고위 간부였다. 그래서 측근이 되어 그의 고명딸과 사랑에 빠지게 되고 나중에는 두목 자리까지 올라가는, 주윤발 주연의 〈상해탄(上海灘)〉 같은 드라마 말이다.

그러나 영화는 영화, 드라마는 드라마일 뿐. 현실에서 그게 어디 쉬운 일인가. 더구나 일선 파출소 방범대원이 강력 사건을 해결하다니 그게 말이 되기나 할까. 현실에서 방범대원이 강력 사건 현장에 접근한다는 것은 어불성설, 애초에 불가능한 일이었다.

#3. 모로 가도 서울만 가면 된다

그렇다고 포기할 최대한이 아니었다. 목마른 자가 우물을 파는 법이고, 하늘이 무너져도 솟아날 구멍은 있고, 하늘은 스스로 돕는 자를 돕는다고, 그가 궁리 끝에 찾아낸 방법이 있었으니 바로 후리가리였다.

지성이면 감천이라고 했던가. 하늘은 결코 무심하지 않아 비록 방범이라 해도 경범죄만큼은 자체적으로 단속할 권한이 있었으니, 그렇다 바로 그것이었다. 대한민국에서 가장 많은 경범 단속 실적을 쌓아서 내무부장관 표창을 받아 특채로 경찰이 되는 것. 그러니 1973년 개정된 경범죄 처벌법은 하늘이 그에게 내린 선물이고 기회였다.

개정된 법으로 방범대원이 단속할 수 있는 경범죄 처벌 행위가 부지기수로 늘어난 것이었으니,

- 성별을 구분할 수 없는 장발 행위
- 저속한 복장을 하거나 신체의 과도한 노출 행위
- 함부로 휴지와 담배꽁초를 버리거나 침을 뱉는 행위
- 술주정 행위

독종과 별종들

- 유언비어 유포 행위
- 비밀 무도교습 행위 및 그 장소 제공 행위
- 암표 매도 행위
- 새치기 행위
- 무단 횡단 행위
- 신호 위반 행위
- 통행금지 위반 행위

등등 단속할 수 있는 건수는 그야말로 무궁무진했다.

문제는 실적이었다. 어떻게 하면 남들보다 월등한 실적을 올릴 수 있을까. 후리가리를 해도 미꾸라지처럼 빠져나가는 물고기들을 어떻게 잡아들일 수 있을까. 그리하여 그가 밤낮없이 고민하고 또 연구한 끝에 마침내 다음과 같은 방법을 고안한 것이었다.

첫째, 후리가리 시, 대나무 자의 눈금을 조작하여 장발족과 미니스커트 단속에 사용한다.
둘째, 출근 시간에는 횡단보도가 없어 무단으로 건너게 되는 길 골목에 잠복한다.
셋째, 저녁 시간에는 담배꽁초와 가래침을 자주 뱉는 먹자골목에 잠복한다.

넷째, 밤에는 통금 사이렌에 맞춰 주택가 골목길에 잠복한다.

예상 이상의 대박이었다. 그의 대나무 자를 피해갈 자가 없었고, 그의 눈과 귀를 피해갈 자도 없었다. 해도 해도 너무 한 것 아니냐며 손가락질할 수도 있겠지만, 그는 꿈쩍도 하지 않았으니 오로지 모로 가도 서울만 가면 되는 것이었다. 민중의 몽둥이, 아니 지팡이가 되기 위해 고고싱!

#4. 우이독경

어디서 굴러먹다 들어왔는지 모를 최대한 때문에 동부파출소는 물론 춘천경찰서까지 골머리를 앓았다. 하루가 멀다고 들어오는 민원은 전부 최대한 최대한 그놈의 최대한에 관한 것이었다. 파출소장은 오늘도 경찰서장에게 불려가 지청구를 들을 수밖에 없었다. 이대로 가다간 도 경찰국장에게까지 불려갈 판이 아닌가.

— 이봐, 대한 씨.

— 옛, 방범대원 최대한!

— 에이, 여기가 무슨 군대야? 관등성명은 왜 대? 귀청 떨어지겠네. 서장까지 나서서 자네 좀 어떻게 해보라는데, 제발 나 좀 봐주면 안 되겠나?

— 소장님, 저는 법과 질서를 유지하는 맡은 바 소임에 최선을 다할 뿐입니다.

— 에잇, 내가 벽에 대고 얘기하는 것도 아니고, 그만 나가보게.

누가 무슨 말을 하든 한 귀로 듣고 한 귀로 흘리는 최대한이었다. 개야 짖어라 나는 간다는 식이랄까. 어느 순간부터 그를 부르는 이름이 하나 더 붙었다. 동부파출소에는 순경 위에 '우이독경'이 있다고.

"당신 거 좀 적당히 해." "여기 작은 동네에서 그렇게 하는 거 아냐." "한 다리만 건너면 다 아는 이웃사촌들인데 무슨 흉악범 잡아들이듯 눈에 불을 켜고 경범 단속을 하나?" "당신이 수사반장이야 뭐야? 아주 최불암이 나셨네." "괜히 허튼 힘 빼지 말고 그냥 육체미 도장에나 가서 운동이나 해." "도대체 왜 그래? 그런다고 대한민국 방범사령부 총사령관이라도 되나?"

이런 지청구를 들을 때마다 최대한은 오히려 속으로 새겼다. 방위, 방범, 방돌이라고 다 같은 방돌인 줄 아나? 이래봬도 내가 빨갱이 잡는 대한민국 육군 방첩대 출신이라고.

그랬다. 세상이 무너진다 해도 누가 뭐라 하든 말든 최대한은 민중의 몽둥이, 아니 지팡이가 되겠다는 일념 하나로 고고성이었다. 스스로 다짐을 해가며, 거리질서 확립과 퇴폐풍조 일소에 전심전력을 다하겠다고 자신을 채찍질해가며 잠자는 시간까지 아껴가며 맡은 바 책임은 물론 부여받은 임무 외에도 알아서 오지랖을 떨었다.

적당히 좀 해라, 그만 좀 해라, 귀에 딱지가 앉을 만큼 지청구를 들으면서도 그는 요지부동으로 단속 건수를 늘려나갔다. 파출소장은 물론 주변 사람들이 모두 어르고 달래도 별무소용이었다.

최대한의 집념과 노력이 더할수록 동부파출소와 춘천경찰서로 쏟아져 들어오는 민원도 비례하여 매일 만원사례를 이루고 있었다. 파출소장이 궁리 끝에 한때 유행하던 스트리킹족을 잡는다는 나체질주자 특별단속반에 추천하여 서울로 파견을 보내기도 했지만, 워낙 유행이 짧게 끝나 불과 한 달 만에 파견에서 돌아와 모두에게 한숨을 짓게 한 일도 있었다.

벽창우, 우이독경(牛耳讀經)은 과연 힘이 셌다. 우공이산(愚公移山)도 한 수 아래로 보일 판이었다.

#5. 티끌 모아 태산

그렇게 죽기 살기로 꼭두새벽부터 일어나 무단 횡단 단속하고, 치마 길이를 재고, 머리카락을 자르고, 잠을 아껴가며 통금 위반자 단속에 힘쓴 결과 드디어 하늘이 감동한 모양이었다. 진인사대천명(盡人事待天命)이라 했던가. 마침내 최대한의 꿈이 실현될 그날이 온 것이다.

청와대에서 연말 행사로 사회 각계의 청소부, 아파트 경비원, 방범대원들을 초청하여 위로와 격려의 만찬을 열기로 했는데, 이날 행사에서 수상자 중 하나로 최대한이 초대장을 받은 것이다.

사실은 이랬다. 한 달 전, 주민들의 빗발치는 민원에 시달리던 파출소장 앞으로 공문이 내려왔다. 연말 행사에 있을 시상식에 타의 모범이 되는 방범대원 한 명을 추천하라는 청와대의 공문이었다. 최대한을 어떻게 하면 쫓아낼 수 있을까 묘책을 찾느라 전전긍긍하던 파출소장이 궁여지책으로 최대한을 대통령 표창 수상자로 추천한 것이다. 그리고 천만 다행으로 최대한이 표창 수상자로 결정된 것이니, '그래 잘하면 미운 놈 떡 하나 줘서 내보낼 수 있겠네' 했던 소장의 속내가 통했던 것이다. 이런 사정을 모르는 최대한은 그저 희희낙락할 뿐이었다.

전후사정이야 어찌되었든 대한에게는 그야말로 평생의 소원을 이룰 기회가 온 것이다. 게다가 대통령이 참석하는 자리니 각자의 애로사항이나 건의할 것이 있으면 미리 각본을 써 보내라는 것이었다.

만약 각하와 대화할 시간이 없다 해도 관계 부서에서 긍정적으로 검토하여 반영해준다니 꿈에도 그리던 정식 경찰관이 될 수 있는 천재일우의 기회가 아닌가?

아, 우리의 최대한. 드디어 꿈을 이룰 수 있을 것인가. 누가 뭐라 하든 후리가리에 앞장섰으며 누가 뭐라 하든 꼭두새벽부터 밤이슬 내릴 때까지 단속에 단속을 해서 긁어모은 실적이 아니었던가. 그간의 피눈물 나는 노력이 마침내 결실을 맺을 때가 온 것이리라. 티끌 모아 태산을 이루겠다는 그의 꿈이 정말로 현실로 아니 코앞에까지 다가온 듯했다.

최대한은 고개를 흔들며 마음을 다시 다잡았다. 방심하면 안 된다. 공휴일궤(功虧一簣)라 공든 탑도 돌 하나로 무너지는 법. 자칫 고삐를 늦추면 다 된 죽에 코 빠질 수도 있다. 그리 마음을 다잡는 것이었다.

#6. 유신의 아버지

오후에 한바탕 후리가리를 끝내고 돌아와 저녁을 먹고는 숙직실에서 잠시 눈을 붙이던 대한이 열한 시 반 통행금지 예비 사이렌 소리에 흠칫 놀라 눈을 떴다.

거울 앞에 서서 자신의 모습을 비춰보고는 벨트 버클을 정가운데로 바로잡고 방범봉을 잽싸게 뽑아들었다. 거울을 향해 방범봉을 겨누어보다가 마치 검객이 검을 휘두르듯 좌우, 가로세로, 대각선으로 휘두르는 것이다. 그러고는 다시 칼집에 넣듯이 멋드러지게 허리에 꽂고는 일자로 바로잡았다.

책상에 발을 올리고 석간신문 바둑 사활 묘수풀이를 보고 있던 전 차석이 그런 대한을 슬쩍 쳐다보면서 혀를 끌끌 찼다.

— 이봐 대한 씨, 이 시간에 또 어딜 가? 내일 서울 간대며? 오늘은 일찍 쉬는 게 어때?

— 아닙니다. 저 대한민국 방범대원 최대한. 치안 유지를 위해 한목숨 바치겠습니다. 유신 대열에 앞장서서 민족중흥의 역사적 사명을 띠고 이 땅에 태어나 공직자가 된 저희가 퇴폐풍조 척결에 앞장서지 않으면 이 나라가 어찌 되겠습니까?

대한이 내일 청와대에서 각하에게 기회가 되면 하려고 외워둔 대사를 외쳤다.

— 알았네, 알았어. 사람이 말이야 유도리라는 게 좀 있어야지. 좀 쉬엄쉬엄하라고 좋게 말하면 듣는 척이라도 해야지 말이야. 그러면 어디 덧나기라도 하나? 윗사람 말에 또박또박 바락바락 뎀비기는, 참.

— 최대한, 근무 출동합니다!

쇠귀에 경 읽기는 필시 최대한을 두고 한 말일 것이다. 순경 위에 우이독경 아니랄까 봐 예상에서 한 치도 벗어나는 법이 없으니, 차석이 뭐라 하든 말든 안중에 없었다. 자기 할 말만 하고는 파출소를 나가버리는 것이었다.

그런 대한의 뒷모습을 보며 김 순경이 전 차석에게 다가왔다.

— 차석님, 저 친구 지금 뭐라 한 겁니까? 공직자? 방범이 공직자라니? 그럼 차석님은 졸지에 고위 공직자가 되신 건가요? 하하.

— 그러게 말이야. 듣자니 저 친구가 아들 이름도 유신으로 지었다지 아마. 저치가 높은 놈이 되면 밑에 사람들 꽤나 고롭겠어. 쩝.

— 진짜요? 그때 태어난 애들 이름에 유신이 많다고 얘기만 들었는데, 바로 여기에도 있는 줄은 몰랐네요. 하하.

— 그뿐인 줄 알아? 저치 쌍둥이 동생이 있는데 이름이 민국이래, 민국. 대한민국 정부가 수립된 1948년에 태어났다고 저치 애비가 애덜 이름을 대한이 민국이 그렇게 지었다나? 암튼 알다가도 모를 미스터리 집안이야. 미스터 친가?

— 그으래요? 무슨 상해 임시정부 독립군 출신쯤 되나 보죠?

— 쉿! 이 사람아. 그 얘기는 무조건 꺼내지도 마. 저치 내력도 그

렇고 저치 집안 내력도 그렇고 암튼 별의별 소문이 자자해. 뭔가 켕겨서 그랬다는 얘기도 돌고…. 알고 보면 저치가 저렇게 악을 쓰는 것도 한편으론 이해도 되고 안쓰럽기도 하지.

대한의 뒤를 향해 혀를 차다 다시 신문을 들여다보는 전 차석의 표정이 묘했다. 오늘의 바둑 사활 묘수풀이는 '귀곡사는 죽음(隅曲四=死)'이었다.

#7. 말짱 도루묵

파출소를 나선 대한은 왼쪽 뒷주머니에서 흰 장갑을 꺼내 천천히 끼며 주위를 잠시 살폈다. 오후에 그 난리를 치고도 대한은 성에 안 찬 듯했다. 야간통금 위반자를 잡겠다며 술집이 늘어선 요선동 골목으로 성큼성큼 걸음을 옮겼다.

오후의 후리가리 영향 때문인지 오늘따라 일찍 인적이 끊기기 시작하더니 열한 시가 넘어서부터는 여기가 요선동 맞나 싶을 만큼 골목이 휑했다. 고양이 한 마리 얼씬거리지 않았다.

오늘은 간만에 허탕인가 하며 복귀하려던 대한이 아무래도 아쉬운 마음에 일부러 큰길로 해서 빙 돌아가려고 나서는 순간이었다. 팔짱을 낀 남녀 한 쌍이 건너편 골목 어디선가 나타나서는 무단 횡단으로 길을 건너오는 것이다.

어랏, 이게 뒤늦게 무슨 횡재냐? 장발에 미니스커트에 무단 횡단에… 이거 이거 일타 몇 피야? 보아하니 저것들이 도청 앞 평양여관 골목으로 가는 꼬라진데, 지금이 열두 시 오 분 전이니까, 저런 걸음으로는 못해도 십 분은 걸릴 테니 무조건 위반이네. 얼쑤.

대한은 몸을 숨긴 채 발소리까지 죽여가며 두 사람의 뒤를 밟았다.

— 삐익 삐~익. 이봐. 거기!

두 사람이 여관골목으로 들어서자 대한은 손목시계를 흘낏 보고는 호각을 물고 삐익 불었다. 대한은 허리에 방범봉 손잡이를 쓰다듬으며 거들먹거리는 걸음으로 천천히 두 사람에게 다가갔다. 그 자리에 우뚝 선 커플은 놀란 듯 뒤도 안 돌아보고 꼼짝도 않는 것이었다.

— 너네, 일루 와봐. 여기 가로등 밑으로. 지금 몇 신 줄 알아? 너네는 지금 야간통행금지 위반 현행범들이야. 알았어? 뭐해? 일루

와보라니깐!

— 통행금지라며? 그거 다니지 말라는 거잖아? 안 움직이면 될 꺼 아냐. 그러니까 절대 그리로 못 가지.

커플은 마치 한 사람인 듯 동시에 그것도 음산한 목소리로 대답을 하는 것이었다. 수상한 낌새를 느낀 대한이 두 사람 앞으로 걸음을 옮겼다. 대한은 방범봉 자루에 손을 얹으며 고개를 갸웃거렸다. 이것들 뭐지? 아주 겁대가리를 상실한 것들이네.

— 느들 지금 몇 신 줄 알아? 엇쭈, 똑딱이도 찼네. 시계 좀 봐봐, 몇 신가?

그러자 남자가 씨익 웃으며 손목을 들어서는 대한의 코앞에 내밀었다.

— 하, 이게 뭐야? 바늘이 없잖아?

당황한 대한이 이번에는 남자의 치렁치렁한 옆머리를 잡아당겼다.

— 대가리가 이게 뭐야? 니가 비틀즈야? 베토벤이야?

그러나 이게 어찌된 영문일까. 귀가 있어야 할 자리에 귀가 없었다. 반질반질한 피부뿐 귀는커녕 흔적조차 없었다.

— 어? 뭐야 이거. 너, 너… 귀, 귀는 어쨌어? 사고로 나갔나? 그럼 이쪽은?

대한이 남자의 반대쪽 머리카락을 올렸지만 거기에도 귀가 없었다. 아예 처음부터 없었던 것처럼 흔적도 없이 매끈했다. 당황한 대한이 흠칫 물러섰다.

— 너, 꼼짝 말고 서 있어. 네 말대로 한 발짝만 움직여도 야통 위반이야.

대한이 고개를 돌려 여자를 쳐다보면서 뒷주머니에서 대나무 자를 꺼냈다.

— 야, 이건 뭐 잴 것두 없겠네. 아예 다 내놓고 다니지 그랬어. 그래도 확실한 게 좋겠지. 자로 재보자구. 어? 이, 이건 또 뭐야? 너, 넌 무릎이 어디 갔어?

허리를 숙여 여자의 허벅지에 대나무 자를 들이대던 대한이 놀라며 여자를 올려다보았다. 싸늘한 미소를 지며 내려다보는 여자의 눈과 마주친 대한은 자기도 모르게 털썩 엉덩방아를 찧고 말았다. 꼼짝 않고 서 있는 장발족 남자도 씨익 웃고 있는 것이었다.

주저앉은 채로 주춤주춤 뒤로 물러서던 그때 대한의 등 뒤로 스산한 기운이 훅하고 끼쳤다. 대한이 돌아보니 언제 어디서 몰려들었는지 장발족과 미니스커트들이 골목을 꽉 막고 있는 것이었다. 귀신에 홀린 것일까. 당황한 대한이 눈을 씻고 보았지만, 헛것을 본 게 아니었다.

귀 없는 남자들이 양옆 머리를 펼치듯 들어 올리고 있고 무릎이 없는 여자들은 허리춤을 잡고 치마를 끌어올리면서 음산한 미소를 짓고 있었다.

— 뭐, 뭐야 이것들은? 씨발. 귀랑 무릎은 다 어쨌어? 귀신이냐 사람이냐?

— 귀 떼어버렸다, 새끼야. 너 때문에 취업 면접 못 가서 실업자 되었으니 좋냐. 새꺄.

독종과 별종들

— 무릎? 밀어버렸다, 새끼야. 선보러 가다 너한테 잡혀서 노처녀 신세가 되었다. 어때 기분 좋냐?

— 니가 거리의 깎사, 민중의 가위라는 그 최대한이지?

양쪽 골목을 막아섰던 무리가 서서히 다가오며 대한을 둘러싸기 시작했다.

— 오지 마. 오지 마, 이 귀신같은 것들아!

— 너 주특기가 9를 10으로 만드는 거래며? 9센치 자 눈금을 속여 10센치로 만들었잖아?

— 오늘 니 손가락 발가락 몽땅 9로 아니 8로 맹길어줄께.

무리는 점점 더 대한을 조여왔다. 주저앉은 채로 대한은 버둥거리기 시작했다. 숨이 막힐 것 같았다.

으허억!

자신의 목을 감싸쥔 채 비명을 지르며 깨어난 대한이 소파에서 벌떡 일어나 앉아 식은땀을 흘리며 주변을 두리번거렸다. 아, 꿈이었구나.

머쓱해진 대한이 지금 몇 시인가 하며 벽에 걸린 전자시계를 올려다보았다. 시계는 <서기 1979. 10. 27. 06:00 am>을 막 가리키고 있었다.

정신을 차린 대한이 주변을 다시 둘러보자 라디오에 귀를 기울이고 있는 정복 차림의 소장과 차석이 눈에 들어왔다.

— 아니, 새벽 댓바람부터 웬 정복 차림입니까?

— 아, 이 사람, 이 판국에 잠꼬대까지 하면서 잘도 처자더니…. 조용히 좀 해.

— 뭐지? 아직도 꿈인가?

— 거 좀 조용히 좀 하라니까. 라디오 좀 듣게.

— 대통령이 유고라잖아.

— 유, 유고라니? 체코가 아니고? 그게 뭐야? 대통령이 갑자기 거긴 왜 간 건데?

라디오에서는 아나운서의 다급한 목소리와 함께 속보가 흘러나오고 있었다. 박정희 대통령이 어제 저녁 7시 50분에 사망했습니다…

*

박정희가 김재규의 총에 맞아 사망하자 속전속결로 정권을 잡은 전두환 신군부는 국민을 현혹하느라 컬러 티비와 프로야구를 도입했을 뿐 아니라 야간 통행금지, 장발족 단속, 미니스커트 금지 등도 철폐했다.

돌아온 장고, 황야의 무법자, 벽창우 최대한. 민중의 지팡이가 되려던 그의 꿈은 일장춘몽 말짱 도루묵이 되었고 고요한 동네에 파란만 일으킨 민중의 몽둥이, 민중의 가위로 낙인찍힌 최대한. 그날 이후 최대한은 춘천에서 종적을 감췄고, 춘천에도 바야흐로 평화가 찾아왔다.

아, 나중에 들은 얘기로는 최대한의 군복을 벗겼던 옛 상관이 높은 자리에 오른 뒤 갑자기 예전 부하들 만난 자리에서 그를 떠올리며 미안한 마음에 작은 자리라도 주려고 수소문을 했는데, 그가 엉뚱하게도 군정 종식과 대통령 직선제를 부르짖는 반정부 민주화 단체에 들어가 맹활약 중이라는 소식을 듣고는 그냥 쓴웃음으로 흘려버렸다나 어쨌다나.

오호, 애재라! 끝

흡혈인간

결국은 국가안전보장회의(NSC, National Security Council)가 긴급하게 소집되었다. 청와대에 접수된 한 장의 공문 때문이다. 외국 국적의 남녀 한 쌍이 비무장 지대를 통과하여 월북한 것은 특별한 사건이긴 하지만 그렇다고 국가안전보장회의가 소집된 것은 이례적인 일이었다.

*

수신: 최고 통수권자
참조: 국방부장관, 안전기획부장, 보건사회부장관, 국가안보실장
발신: 제15사단장
제목: 국가안전보장회의 소집 요청

2022년 5월 5일 23시 40분경 동부 전선 비무장 지대 남방 한계선 제15사단 작전 구역 일명 피의 능선인 양구군 방산면 북방 00 지점에서 경계 근무 중이던 아군이 월북을 시도하던 거동 수상자를 발견하고 수하했으나 이에 불응하고 도주를 시도함.

이에 근무 수칙에 따라 집중 사격 후 익일 아침 수색했으나 혈흔과 약간의 유류품만 남기고 군사 분계선 이북으로 도주한 것으로 판

독종과 별종들

단됨.

수거한 유류품과 공책의 내용을 분석한 결과, 국가의 안전을 위협할 수 있는 중대한 사항이라 판단됨.

수거 유류품 목록: 공책 두 권, 자외선 차단 크림, 진갈색 물질이 절반 채워진 튜브, 루마니아 여권, 유로화 2,450유로, 다수의 헌혈증, 혈액 보관용 항응고제, 구연산나트륨, 히루딘 앰플, 거머리에서 추출한 항응고제

별첨. 수거된 공책 요약본

*

2021년 모월 모일 _ 저녁 10시 인천국제공항

드디어 꿈에 그리던 신천지, 정확히는 정복 예정지에 도착했다. 자외선을 완벽하게 차단해주는 선크림을 발랐고 게다가 마스크와 선글라스까지 착용했으니 낮에 도착할 수도 있었지만, 만에 하나라도 시선을 끄는 일이 발생하는 일이 없도록 안전하게 도착 시간을 심야로 조정한 것이다.

혹시라도 마스크를 벗어야 하는 경우에 대비해 송곳니 두 개도 미리 뽑아놓았다. 예상대로 입국 심사대에서 마스크를 벗으란다. 비록 송곳니를 뽑았다 해도 내심 불안했지만 이럴수록 태연해야 한다. 이빨이 드러날 만큼 과하게 미소를 지어 보였는데 심사관은 잠시 힐끗 쳐다보더니 그냥 입국 도장을 꾹 찍어주었다. 허무했다.

심사대를 빠져 나오면서 혹시나 싶어 송곳니를 만져보았다. 이틀 전 마취도 없이 양쪽의 송곳니를 뽑을 때의 뻐근했던 느낌이 아직도 생생한데… 어느새 반쯤 새로 돋아난 송곳니가 근질근질했다.

사실 우리에게는 어떤 마취제도 어떤 각성제도 통하지 않는다. 오랜 세월 인간의 피를 주식으로 삼아 살아오면서 우리의 몸이 인간의 혈액에 섞여 있는 온갖 종류의 화학 물질이나 바이러스 등 유해한 요소를 걸러내는 체질로 진화한 결과이다.

그나저나 한국에 오는 동안 비행기 안에서 풍겼던 마늘 냄새가 공항에 내려서는 점점 더 심해졌다. 그놈의 마늘 냄새라니.

서둘러 공항을 나온 우리는 호텔로 가는 택시를 잡았다. 택시기사가 룸미러로 힐끗힐끗 쳐다보다가 아예 우리를 향해 고개를 돌리는 것이었다.

— 웨라유 프롬, 유 허니문?

영어 좀 쓰는 듯한 남자의 입에서 순간 마늘 냄새가 풍겼다. 화생방 훈련을 받을 때 처음 들어갔던 갈릭 가스실이 떠올랐다. 그때 그곳에서 맡았던 정도의 농도 아니 그 이상으로 진하고 독한 마늘 냄새가 훅하고 덮쳐왔다.

아니나 다를까. 루시의 표정이 일그러졌다. 루시는 나처럼 정규 교육을 마치지 못했다. 코로나 사태가 쉽게 끝나지 않아 뒤늦게 선발되어 단기 교육만 받은 루시는 갈릭 가스실을 체험하지 못했다. 그러니 참기 어려웠을 것이다.

루시는 우욱, 하며 급히 차창을 내리고는 고개를 내밀어 바깥 공기를 들이마셨다.

— 아유 오바이트?

택시 기사가 룸미러를 통해 눈살을 찌푸리면서 물었다.

오바이트라니? 비행기 안에서 스무 시간 가까이 피 한 모금 못 마시고 쫄쫄 굶고 왔는데.

— 노, 노!

루시 대신 내가 손짓을 하며 대답했다. 룸미러 속에서 택시 기사가 묘한 표정을 짓더니 뭐라 뭐라 혼잣말을 하며 뒷좌석으로 손을 뻗어 위생 봉투를 꺼내주고는 속도를 줄였다.

— 아하! 베이비. 유 스피드오버? 흐흐.

오버스피드는 운전수가 하지, 승객이 하나? 마늘 냄새는 독한데 정작 입은 싱거운 택시 기사였다.

이해였건 오해였건 간에 창문을 열고 속도를 늦춘 덕에 무사히 예약해둔 호텔에 도착하니 어느새 자정이 가까웠다. 우리가 가장 왕성하게 활동할 시간이었지만 오늘은 너무 피곤해서 보고서만 간단히 작성하고 잠자리에 들기로 했다.

양치질을 하며 살펴보니 송곳니가 그새 좀 더 자란 듯했다. 어느새 인간들의 그것보다 약간 길어 보였다.

마스크를 쓰고 거리를 활보해도 누구 하나 신경을 쓰지 않으니, 마스크 착용 시대를 열어준 코로나 바이러스에 감사하는 마음으로 잠자리에 든다.

모월 모일 _ 루시

호텔 주변을 며칠 동안 루시와 함께 둘러보았다. 한국이라는 나라가 서울이라는 도시는 예상했던 것보다 훨씬 넓고 복잡했다. 어떤 곳인지 파악하려면 아무래도 상당한 시간이 필요할 듯하다. 환경이 바뀐 탓인지 아직도 마늘 냄새에 적응이 안 되었는지 루시는 오늘도 일찍 잠자리에 들었다.

우리 종족은 인간들 사이에서 인간 행세를 하며 수천 년 동안 인간과 함께 지내고 있지만 우리들 대부분은 인간들보다 훨씬 부유한 생활을 하고 있다. 수명이 인간의 몇 배인지라 수백 년을 살면서 축적된 정보가 많고 일하는 기간이 긴 데다가 의료비나 식비가 거의 필요하지 않으니 누구든 쉽게 부를 축적할 수 있다.

전 세계에서 최고의 부를 축적한 이들 중 상당수가 실은 우리 종족이라는 것을 인간들이 알면 기절초풍할 것이다. 일찍이 우리 선조들이 유럽 전역에 이발소 간판을 걸고 때로는 외과의사 간판을 걸어놓고 수백 년 동안 대놓고 식생활를 해결했다는 것, 지금도 의과대학을 나와 병원이며 요양원을 차려서는 피 걱정 안 하고 사는 놈들도 부지기수라는 것, 그뿐인가 일찍이 중국으로 진출한 선조들은 사혈과 습식 부황을 개발하여 인간들에게 기술을 전수해준다는 명목으로 풍족한 흡혈-아니 이 경우엔 식혈이겠다-생활을 누렸고 지금까지도 누리고 있다고 들었다. 그야말로 세상에는 피로 목욕할 정도로-인간의 말을 빌리자면 우유로 목욕한다고 해야겠지-부유한 자들이 차고 넘쳤다. 아, 『드라큘라』를 써서 부를 축적한 브램 스토커도 실은 우리와 같은 흡혈인간이다. 물론 나처럼 귀족 가문이면서도 파산하여 본부에 취직해서 이렇듯 해외 파견을 오는 경우도 있지만 말이다.

말이 나온 김에 사실 나는 흡혈족 중에서도 귀족인 블라드 가문 출신으로 순혈 흡혈인간이다. 하지만 루시는?

루시는 나와 같은 모태 흡혈인간이 아니다. 루시는 본래 인간이었지만 불과 얼마 전에 스스로 지원해서 흡혈족에 들어온 후천적 흡혈인간이다. 그래서 나처럼 정규 교육을 받은 적도 없고 종족 내에 가까운 친척은 물론 친구도 거의 없다. 그러고 보면 루시가 왜 흡혈인간이 되려고 했는지는 의문이다. 그녀는 루마니아에서 나고 자랐지만 한국계 루마니아인이다. 아버지는 이탈리아계 루마니아인이고 어머니는 한국계 루마니아인이다. 이곳에 오기 전 한국어를 배운 것도 그녀에게서 배운 것이다.

우리의 임무는 이곳 한국에 새로운 지부를 만드는 것인데, 본부에서 파트너로 루시를 붙여준 것도 루시가 한국계임이 고려되었을 것이다. 어쨌든 이곳에 자리를 잡는 대로 루시에게 지부를 맡기고 나는 본국으로 복귀해야 한다. 그러기 위해서는 틈나는 대로 루시를 좀 더 교육해야 한다.

인간들은 우리를 흡혈귀라고 부르는데, 그건 정말이지 치욕적인 말이다. 우리는 귀신도 아니고 마귀도 아니다. 우리는 흡혈인간이다. 그리고 인간들은 우리에게 피를 빨리면 흡혈인간이 된다고 믿는 경우가 많은데 그 또한 절대 아니다. 어리석은 인간들이라니.

만약에 이 가설이 사실이라면 지구는 이미 우리 종족으로 가득할 것이다. 하루에 한 번만 섭식을 한다 해도 일 년이면 삼백 명이 넘는 인간의 피를 빨아야 하고 그렇게 피를 빨린 인간이 흡혈인간이 된다고 생각해봐라. 그 증식 속도가 어찌 되겠는가? 맬서스의 『인구론』도 안 읽어봤나? 우리는 오히려 인간의 개체수가 줄어드는 것을 염려한다. 인간과 마찬가지로 우리도 식량난은 언제나 골치 아픈 문젯거리니까.

그런 이유로 우리는 인간의 피를 빨되 죽도록 빨지 않는다. 그리고 같은 인간에게 두 번 피를 빨지도 않는다. 한 번은 꿈인가 하고 넘어가겠지만 거듭되면 눈치 챌 확률만 높아지기 때문이다. 섣부르게 위험한 짓을 하지 않는다는 말이다. 우리가 정착 생활을 하더라도 여행을 자주 다니는 이유이기도 하다.

인간을 우리와 같은 흡혈인간으로 만들려면 우리의 피를 인간에게 주입해야 한다. 그러니 인간의 생각과는 정반대인 셈이다. 그러니까 우리가 종족을 늘려야 하는 특별한 경우에 우리의 피를 주입해주었을 때에만 인간은 흡혈인간이 될 수 있다는 거다. 우리가 인간의 피를 단순히 섭식하는 경우 피를 빨린 인간의 목에는 사실 흉터가 하나밖에 안 남는다. 두 개가 남았다면 오히려 우리의 피를 인간에게 주입했다는 뜻이다.

우리 종족이 되려는 인간 지원자가 점점 늘고 있지만, 영원한 젊음과 수명을 위해, 하얀 피부를 위해, 날렵한 몸매를 위해 등등 하여간 말도 안 되는 기타 여러 가지 이유로 지원자가 넘쳐나지만, 우리는 개체수를 늘리는 데 신중에 또 신중을 기한다. 엄격한 심사를 통과한 소수의 인간만이 우리의 피를 주입받을 수 있다.

또 한 가지 인간이 오해하는 게 있다. 우리가 인간하고 성관계를 맺을 수 있지만 임신은 불가능하다는 사실이다. 인간 여성이 흡혈 인간과 관계를 가진다 해도 임신은 불가능하고 반대로 우리 흡혈 족 여성도 인간의 아이를 임신할 수는 없다.

아무튼 인간이 만든 흡혈귀 영화나 소설은 보면 볼수록 정말 엉 터리다. 사실 관계가 달라도 너무 다르고 상상력도 부족하고, 차라 리 내가 써도 그보다 낫겠다.

모월 모일 _ 반지하방

예상보다 일의 진행이 더디다. 아무래도 일정이 더 길어질 것 같 다. 가지고 온 현금을 아끼기 위해 우리는 비싼 호텔에서 나와 저 렴한 숙소를 찾아보기로 했다.

햇빛이 드는 옥탑방은 제외하고 지하나 반지하방을 찾아 돌아 다니다 마침내 적당한 곳을 찾았는데, 남가좌동이라는 동네였다. 가까운 곳에 대학교가 많다 보니 유학생이나 연수생들이 싼 방을 찾아 제법 많이 드나드는 곳이라 우리를 이상하게 쳐다보는 사람도 별로 없었다.

동네를 찬찬히 살피다가 드디어 저렴하고 맘에 드는 반지하방을 발견했다. 옥탑방이 딸린 3층짜리 원룸인데 마침 옥탑방과 반지하방이 빈 참이었다. 주인 여자를 만나 그 자리에서 계약했다. 숙소는 마음에 들었는데 다만 주인 여자가 말이 너무 많다.

"옥탑방도 마침 비었고 또 거기가 더 싼데 옥탑방 쓸 생각은 없나 봐? 굳이 반지하방을 쓴다니까 나야 뭐 좋긴 하지만… 근데 어디서 왔다고? 루마니아? 아아. 거기 드라큘라 백작이 산다는 데 맞지? 내가 여기서 원룸하면서 온갖 나라 사람들 봤지만 드라큘라 후손은 처음이네. 그래서 반지하가 좋다는 건가? 흐흐."

드라큘라 얘기 나올 때는 정말로 간 떨어지는 줄 알았다. 앞으로 한국에 올 팀은 다른 나라 여권을 준비하라고 해야겠다.

모월 모일 _ 피바가지

웬일인지 도무지 기회를 잡지 못해 하루 종일 굶었더니 다리에

힘까지 빠진 듯했다. 루시와 힘겹게 골목길을 걸어 남가좌동 반지하 숙소로 돌아오는 중이었다. 루시가 갑자기 걸음을 멈추더니 가만히 있으라는 듯 손짓하며 어느 주택 창문을 향해 귀를 기울였다.

— 왜 그래?

— 쉿! 방금 그 소리 못 들었어? 피가 몇 리냐는 소리?

— 몇 리? 몇 리터가 아니고?

— 글쎄, 분명 몇 리냐고 했는데, 내가 잘못 들었나?

나도 숨을 죽이고 귀를 기울였다. 우리의 청각은 인간보다 수십 배 예민하다. 인간이 들을 수 없는 작은 소리도 우리는 들을 수 있다. 굳게 닫힌 창문을 뚫고 방안에서 사내들이 떠드는 소리가 조금씩 들렸다.

— 야, 피는 너만 먹냐?

— 난 벌써 피바가지만 몇 번짼지 모르겠네.

그러더니 찰싹, 피를 뽑기 전에 살갗을 두드리는 듯한 소리가 났다.

— 이런 씨발. 또 쌌네. 피를 또 뺏기겠네.

사내들의 대화로 짐작해보니 사내 넷이 피를 놓고 서로 먹겠다고 다투는 듯했다. 아, 피. 하필이면 그 순간에 피라니. 피에 굶주린 탓이었다. 결코 이성을 잃으면 안 되었는데. 그 순간 이성을 잃은 것은 순전히 극심한 공복 탓이었다.

유리창을 부수며 날아 들어가 우아하게 착지한 다음 유리에 찢긴 상처에서 피를 줄줄 흘리며 기다란 송곳니를 드러내고 크르르 인상을 쓰는 것만으로도 저 인간들은 얼어붙어 꼼짝도 못하고 얼이 빠져서는 고분해질 것이다. 그다음에는 혼비백산하여 다들 달아날 것이고 그러면 피, 그래 피를 먹을 수 있을 것이다. 아마도 그 짧은 순간에 이런 생각을 했던 것 같다.

실제로 그깟 유리 조각에 긁히거나 찢기는 것쯤이야 회복력이 빠른 우리에게는 문제도 아니고, 대개의 인간은 우리가 송곳니를 드러낸 모습만 봐도 얼어붙기 마련이었다.

이성을 잃은 나는 몸을 솟구쳐 단번에 유리창을 부수고 뛰어들었다. 그러나… 그런데… 실제 상황은 내가 상상한 것과는 전혀 다르게 전개되었다. 아니 정반대의 상황이 되어버렸다.

뛰어오르는 순간 나를 말리느라 뻗은 루시의 손에 발목을 잡히는 바람에 균형을 잃은 나는 우아한 착지는커녕 바닥에 나뒹굴고 말았다. 창문이 깨지는 소리에 놀라 뒤로 물러앉은 네 명의 건장한 중년 남자들, 그리고 그들 앞에 펼쳐진 초록색 담요 위로 싸구려 커튼 천을 온몸에 휘감은 채로 개구리처럼 넙죽 엎어진 꼴이라니…. 아, 망신도 이런 개망신이 어디 있을까? 다행히 딱딱한 바닥이 아니라 제법 푹신한 담요이길 망정이지… 어쨌든 엿됐다.

망신살 뻗친 것은 뻗친 것이고 아무튼 정신을 차리고 주위를 둘러보았다. 그런데 이게 무슨 시추에이션? 피는커녕 커피 냄새도 나지 않다니 이게 무슨 상황이지?

그 순간, 놀라서 뒤로 나앉았던 사내들 중 가장 먼저 정신을 차린 덩치가 억센 손으로 내 목덜미를 짓눌렀다. 그건 너무나 순간적인 일이어서 미처 피할 도리가 없었다.

— 이 새끼 뭐야? 경찰이 이렇게 들이닥칠 리는 없고, 그럼 노름판 덮치러 온 강도야? 근데 꼬라지가 왜 이래? 너 뭐야?

사내가 멱살을 잡고 마구 흔들며 말을 쏟아 부었다.

— 너, 너 뭐야? 너 뭔데, 여긴 왜 뛰어들었어?

이번에는 다른 사내가 내 머리통을 쥐어박으며 눈을 부라렸다. 손발은 자유로웠지만 종일 굶주린 데다가 덜미를 움켜쥔 사내의 아귀힘이 너무 억세 간신히 입을 열었다.

— 배, 배가 너무 고파서요, 진종일 굶었더니….

— 이런 미친놈을 봤나. 개평이라도 뜯으려면 공손히 사정을 해야지 암만 눈이 뒤집혀도 그렇지 여기가 어디라고. 그것도 창문까지 부수고 들이닥쳐?

— 햐아, 그놈 희한하게 돌은 놈이네. 이 자식을 어떻게 조져버리지?

— 야, 잘됐네. 오늘 너 여기서 재떨이나 비우고 심부름이나 해라. 아침에 판 끝날 때 개평 넉넉히 줄게. 어때? 다들 오케이지?

독종과 별종들

— 그거 좋네. 이 자식도 거저 얻는 것보다 일해서 벌어 밥 사먹는 거니 보람도 엄청 차겠네. 크크. 무노동 무임금! 일하지 않는 자 먹지도 마라!

— 야, 잠깐. 너 보아하니 아직 백신 맞을 나이도 안 된 거 같은데. 여기 어르신들은 아직 일차만 맞았으니 마스크는 벗지 마라.

아뿔싸, 마스크를 끼고 있었다. 송곳니를 드러낼 작정이었으면서도 정작 마스크를 벗지 않았던 것이다. 아, 나는 분명 이성을 잃었던 게 확실했다. 이러고도 내가 흡혈인간이라니.

— 잠깐!

그때 한 사내가 다가와 내 어깨를 잡고 마스크를 벗기더니 다른 사내들에게 떠들기 시작했다.

— 야, 얘 좀 보라구. 얘 국산 아닌 거 같지? 어쩐지 말투가 애매하더라. 이 새끼 동남아치곤 너무 하얗잖아?

내가 이때다 하고 입을 벌리려는 순간 그가 다시 마스크를 확 올리고는 꿀밤을 때렸다.

— 너, 입 벌리지 말라 그랬지? 지금부터 이빨 보이면 무조건 떡가래 친다. 떡가래 알지? 아구창 날아간다는 얘기야. 아참, 마스크 썼지. 암튼 무조건 숨소리도 말고 찍소리라도 나면 그냥 옥시기 다 털어버린다.

— 야, 쟤가 그럼 알아듣겠냐? 애야, 너 조심하지 않으면 저 무서운 아재가 니 이빨 다 뽑아버린대. 알아들었어?

알았다고 대답을 하려고 하자 아, 소리가 나오자마자 꿀밤이 날아왔다.

— 허, 이 새끼 진짜 매를 버네. 소리 내지 말라고 했잖아. 입 벌리지 말고 고개만 끄덕이라고. 어? 알았지?

이번에는 나도 모르게 마스크 쓴 입을 가리고 고개만 끄덕였다. 하마터면 또 맞을 뻔했다. 어쩌다 이 지경이 된 것일까. 밖에서 혼자 발만 동동 구르고 있을 루시를 생각하니 눈물이 날 지경이었다.

놈들은 밤을 새우며 꼬박 화투를 쳤다. 피박 그놈의 피바가지가 뭔지 확실히 알게 된 것은 다행이었지만, 아침 해가 떠오를 때까지 온갖 심부름에 잠시도 쉬지 못하고 돌아가며 네 놈의 어깨까지 주무르느라 녹초가 되고서야 겨우 개평인지 뭔지 하는 아무튼 오만 원을 받고 풀려났다.

어제 바른 선크림이 지워졌으면 어쩌나 걱정도 되고 온몸이 지끈거렸다. 그래도 이 지긋지긋한 소굴에서 벗어나 다행이다 싶어 꾸벅 인사하고 나오려는데 한 놈이 붙잡았다.

— 야, 너 쓸 만한데? 이 동네 사냐? 배고프면 언제고 와라, 응? 근데 말이다. 니가 망가뜨린 창문 수리비는 내놓고 가야지, 인간적으로다가.

그러더니 내 손에서 오만 원권을 뺏어서는 이만 원만 도로 쥐어주는 것이었다. 아, 인간이란 족속들이라니! 여태도 인간은 아니었지만 앞으로도 절대! 네버! 인간적으로 살지 않겠다.

루시는 창밖에서 밤새 시달리는 나를 지켜보며 얼마나 울었는지 눈탱이가 밤탱이가 되어 있었다.

복귀하면 이 나라에 올 경우를 대비해 후배들에게 고스톱을 꼭 가르칠 생각이다. 밤새 곁눈질로 어깨너머로 고스톱을 괜히 익힌 것이 아니었다. 물론 그 핑계로 혈액 캡슐도 따먹을 수도 있겠지.

모월 모일 _ 박쥐와 고양이

인간들은 소설이나 영화 등에서 흔히 우리를 박쥐에 비교하곤 한다. 우리 흡혈인간이 야행성이라 그렇게 인식하는 모양인데, 동물과 굳이 비교하자면 우리와 가장 많이 닮은 것은 고양이다. 사실 우리 대부분은 그중에서도 나는 특히 고양이를 닮으려 노력하기도 한다.

박쥐가 비록 청력은 뛰어나지만 가청 주파수에는 한계가 있다. 게다가 야행성을 대표하는 것도 박쥐가 아니라 고양이가 아닌가? 고양이를 보라. 재빠르고 기민하다. 먹잇감을 발견하면 소리를 죽여 다가가 폭발적인 도약을 보여준다. 그뿐인가. 뛰어내리는 착지점을 자유자재로 조절할 수도 있다. 그리고 송곳니는 어떤가. 고양이야말로 우리와 가장 흡사한 동물이다.

우리는 고양이처럼 도약할 수 있고 높은 곳에서 뛰어내릴 수도 있지만 날지는 못한다. 박쥐처럼 날개가 없고 박쥐처럼 요란한 소리도 내지 않는다. 우리에게 날개가 있다면 날갯짓할 때마다 그 소리가 얼마나 요란하겠는가. 박쥐와 우리가 닮은 점이라고는 송곳니와 뾰족한 귀뿐이다. 결정적으로 박쥐는 집단생활을 하고 집단적으로 활동하지만 우리는 기본적으로 독립생활을 하고 독립적으로 움직인다.

아마도 우리가 도약하는 모습이 인간에게는 날아다니는 것으로 보였겠지만 그렇다고 감히 지구상의 최상위 포식자인 우리를 천박스럽게 박쥐 따위와 비교하다니. 생각할수록 인간은 참 어리석은 동물이다. 물론 재미있고 흥미로운 구석도 많은 동물이긴 하지만.

그나저나 고양이의 송곳니가 우리처럼 재생하는지는 모르겠지만 인간 족속 중에 상상력이 뛰어난 누군가가 있어 우리를 고양이와 흡사하게 표현한 작품을 만든다면 소설이든 영화든 대박이 나지 않을까? 인간이나 우리에게나 오히려 더 큰 공감을 얻고 인기를 끌 수 있을 것 같은데. 무엇보다 박쥐보다는 고양이가 간지도 나고 생김새도 얼마나 다양하냐 말이다.

하여튼 〈배트맨〉과 〈캣우먼〉의 작가는 정신 나간 놈임에 틀림없다. 만약 누군가 캣우먼이 배트맨보다 우위에 있는 작품을 만든다면 그는 필시 우리 종족이거나 우리를 잘 아는 자일 것이다.

아니, 그게 아니라 내가 써보면 어떨까? 나중에 은퇴해서 시간이 널널해지면 고려해봐야 할 일 목록에 올려두기로 했다.

모월 모일 _ 이종격투기

어젯밤 TV를 보다 이종격투기라는 인간들의 신기한 지랄을 처음 보았다. 그러다 문득 떠올랐다.

― 그래, 저거다! 루시? 바로 저거야!

― 웅? 뭐가? 저렇게 무식하고 야만적인 게 저거라니?

사실 우리 종족은 인간과 달리 폭력을 극히 혐오한다. 우리는 서열을 중시하기 때문에 내부에서 폭력이 행사되는 경우가 거의 없다. 범죄자를 처벌하는 경우가 아니라면 말이다.

― 저거 봐. 저 아까운 피들이 마구 쏟아지는데 그냥 걸레로 치워버리잖아. 저 피가 어디로 가겠어? 그냥 버려질 것 아냐. 우리 저기 취직하자.

아무래도 싫다는 루시를 억지로 설득한 끝에 이종격투기 경기장을 찾아갔다. 시종 피 튀기는 시합들이었다. 시합이 끝나기를 기다리는 동안 링 위로 흥건한 핏물들 그 신선한 피 냄새에 하마터면 정신 줄을 놓을 뻔했지만 억지로 참아냈다. 드디어 시합이 끝나고 겨우 관계자를 만날 수 있었다.

— 그러니까 격투기를 너무 좋아해서 청소 일이라도 하고 싶다? 근데 이미 청소부가 있는데?

— 우리는 월급도 필요 없습니다. 그저 격투기를 배울 수만 있으면, 그도 아니면 가까이서 관람할 수 있는 거로 족합니다.

— 월급도 필요 없다… 그래? 그럼 우선 당분간 변소 청소부터 해봐. 링에 올라가는 게 거저 되는 게 아냐. 굳이 선수가 아니어도 상당한 수련을 쌓아야 하는 거야.

그렇게 우리는 청소 일을 시작했다. 다음 날 변소 청소를 마치고 창고에 앉아 잠시 쉬던 우리는 벽 한쪽에 붙은 포스터를 보고 소스라치게 놀랐다.

기대하시라!

동유럽에서 온 흡혈귀 레슬러 초청 시합.

상대 선수의 피를 실제로 빨아 먹는 괴기 레슬러!

심장이 약한 분이나 임산부, 노약자는 입장 금지!

이럴 수가! 자세히 보니 옛날에 같이 교육받을 때 맨날 농땡이 치다가 낙제까지 했던 바로 그 녀석이었다. 포스터 사진 속 짙은 화장을 하고 있는 레슬러는 다름 아닌 티그루, 그 멍청한 녀석이었다. 아니다. 티그루는 절대 멍청한 게 아니었다. 영악한 놈이었다.

결국 루시와 나는 링 바닥을 닦은 마대 걸레를 쥐어 짜 적당히 걸러서 겨우 허기만 면하고 슬그머니 빠져나왔다.

모월 모일 _ 좀비

나는 이백 살이다. 물론 인간의 나이로 치면 죽어도 벌써 죽었어야 할 나이겠지만, 흡혈인간의 기준으로 보면 아직 한창인 나이다. 그러니까 인간의 말을 빌리자면 아직 대가리에 피도 마르지 않은 그런 나이다.

세상에 태어난 지 이백 년밖에 안 되었지만, 어쨌든 지금까지 살면서 가장 무서운 좀비 영화를 보았다. 루시는 아예 더 이상 보기 싫다며 고개를 돌려버렸다. 영화를 보고나서 생각이 많아졌다.

인간들은 왜 좀비 영화를 만드는 것일까. 좀비에 관한 영화들이 왜 이리 많을까?

만약에 먹을 것이라고는 전혀 없는 무인도에 인간들을 가둬놓으면 어떤 일들이 벌어질까? 더 잔인한 경우라면 어떨까? 식량처럼 보이는 것들이 널려 있는데 겉은 멀쩡해 보이지만 모두 심한 악취가 나고 속은 썩어 문드러진 것들뿐이라면?

그러다 이런 가정을 해보았다. 만약에 좀비 영화가 현실에서 벌어지다면? 좀비가 실제로 창궐하여 인간이 멸종한다면 정작 슬픈 것은 인간이 아니라 우리가 아닐까? 가장 현실적이고 절실한 이유로 말이다. 인간이 멸종한다는 건 결국 우리도 멸종한다는 것 아닌가.

본부에는 여러 재난에 대비하여 연구와 조사 그리고 훈련을 하는 특별부서가 있다는 소문을 어렴풋이 듣기는 했지만… 지금부터라도 깨어 있는 인간들을 포섭해서 대비책을 세워야하지 않을까? 식량 위기는 닥쳤을 때 해결할 수 있는 사안이 아니지 않은가.

모월 모일 _ 피맛골

제대로 된 피를 먹어본 게 언제인지 모르겠다. 서울이라는 도시에서 신선한 피를 구하는 일이 쉽지 않다는 것을 조금씩 깨닫는 중이다. 겉으로 보기와는 달리 어느 도시보다 야간 치안이 잘 되어 있다. 이곳을 정복한다는 게 결코 쉽지 않겠다는 부정적인 생각이 자꾸만 커지고 있다. 그렇다고 포기할 수는 없다.

서울시 관광지도를 샅샅이 살펴보다가 의외의 장소를 발견했다. 종로 피맛골 먹거리 골목. 피맛골 맛집. 와우, 피가 맛있는 곳이라니! 이런 곳이 있다니! 인간들도 피를 즐겨 먹을 줄은 몰랐다. 여기다 싶었다.

— 루시, 내가 지금 뭘 찾았는지 알아? 맛있는 피를 파는 곳이래. 루시? 루시? 지금 내 말을 듣고 있는 거야?

언제부턴가 루시는 내 말을 좀체 믿으려 하지 않는다. 그도 그럴 것이 이곳에 온 후로 제대로 된 피를 맛본 적이 별로 없기 때문이다. 그래도 이번은 확실하지 않은가. 이번만은 믿어달라고 해도 꿈쩍도 하지 않았다. 하지만 지성이면 감천이라 하지 않던가. 이 말을 이런 상황에 쓰는 것이 맞긴 맞나? 아무튼 나의 집요한 설득 끝에 결국 루시도 따라나섰다.

막상 피맛골이 있다는 종로까지 왔는데, 미로 같은 길이었다. 골목도 많고 온갖 가게도 많고 사람도 많은데 정작 피맛골이 어디에 있다는 것인지. 몇 번을 헤매다 사람들에게 물어물어 마침내 도착했다. 피맛골 먹자골목 간판이 보였다.

— 루시, 보이지 저 간판 좀 봐. 피맛골이라고 정말 써 있잖아. 하하.

그때는 정말 좋았다. 이번에야말로 제대로 일을 해냈다 싶어 스스로가 뿌듯했다. 그때까지는 그랬다. 간판을 보면서 환하게 웃는 루시의 얼굴을 봤을 때만 해도 말이다.

골목을 들어서서 이곳을 살피고 저곳을 살폈지만 그 어디에도 피를 파는 곳은 없었다. 피가 맛있는 곳이 아니었다. 맛있는 피를 파는 먹자골목이 아니었다. 그런데 왜 하필 피맛골이라고 했던 것이냐. 피맛이라니. 피맛골이라니. 피 맛은커녕 냄새도 못 맡았다. 너무 걸었더니 오히려 피가 고파졌다.

더 이상 찾는 것을 포기하고 결국 골목을 돌아 나오는데 길 건너에서 두 사내가 나누는 대화가 들렸다.

— 야, 너 진짜 오랜만이다. 좋아 보이네.

— 좋기는 뭐, 늘 그저 그렇지. 근데 넌 무슨 일 있냐? 어쩌 행색이 피죽도 못 얻어먹은 꼴이네?

그 순간, 피죽은커녕 피 한 모금도 못 먹은 내 꼬라지는 어떨까 싶었다. 그럴 땐 인간보다 수십 배 예민한 청각이 오히려 원망스럽다. 루시가 쳐다볼까 봐 쥐구멍이라도 들어가고 싶은 심정이었다.

모월 모일 _ 비법

— 블라드, 블라드! 일어나 봐!

아침부터 웬일인지 루시가 내 어깨를 흔들며 호들갑을 떨었다. 루시의 손에는 작은 종이 쪼가리가 들려 있었다.

— 이거야, 이거!

루시가 전단지를 보여주었다.

사혈요법.
당뇨. 고혈압. 신경통. 만병통치.
일회 시술 무료.
단 한 번의 시술로 몸의 변화를 체감!
연락 주시면 원하는 장소로 출장 시술.

루시가 놀랄 만했다. 우리 선조들이 오래전에 개발해서 안전하고 풍요로운 식생활을 해결했다는 비법, 특히 중국의 인간들에게 전수까지 해주었다는 비법, 바로 그것이었다. 그 비법이 어떻게 이곳 한국에까지 전해진 것일까.

반신반의하면서도 나는 도대체 어떤 수작일까 궁금했다. 결국 우리는 예약을 하고 그곳을 찾아갔다.

미아리고개 근처라고 했다. 이거나 저거나 엇비슷한 빌딩들 사이를 지나자 분위기가 전혀 다른 골목이 나타났다. 붉은색 검은색 흰색의 깃발들이 보였다. 이곳이구나. 느낌이 바로 왔다. 마침내 전단지에 나온 그곳이 보였다. 나무 대문을 열고 들어가니 마당에는

사람들로 북적였다. 주위를 둘러보는데 중년쯤 돼 보이는 여자가
다가왔다.

— 처음 왔슈? 난 여기 사나흘에 한 번씩 온다우. 안 그러면 사
방 온디가 쑤시고 눈도 침침해. 밥맛도 없고. 근디 여기만 오면 그
게 다 사라지잖여.

별로 믿음이 가지 않는 말투였다. 그런데도 사람들은 그 여자의
말에 연신 맞장구를 치며 "우리 원장 선생님, 우리 원장 선생님"
하는 것인데, 뭐지 이 느낌은? 아무래도 수상하고 찜찜했다.

차례가 되어 원장실에 들어가니 아, 아, 피! 피 냄새가 자욱했다.
루시도 순간 움찔하는 표정이었다.

— 제 아내가 생리가 일정치 않아서….

— 아, 더 말 안 해도 돼. 내가 들어올 때 딱 보고 이미 알았지. 그
런 것쯤이야 한두 번이면 끝이야.

— 선생님, 근데 우리가 처음이라… 어떻게 하는 건지 먼저 좀
보면 안 될까요?

원장 선생님이라는 그 인간을 보는 순간 딱 봐도 알 수 있었다. 사기꾼. 그래도 혹시나 싶어, 내 느낌이 틀릴 수도 있다 싶어, 그가 시술하는 모습을 확인해야만 했다.

— 허허, 그래. 젊은 사람들이니 그럴 수도 있겠지. 그럼 내 어떻게 하나 잘 보라구.

루시와 나는 옆에 놓인 의자에 앉아 원장이 얘기하는 만병통치 사혈요법 시술을 눈앞에서 볼 수 있었다. 아, 왜 불길한 예상은 한 치도 벗어나지 않는 것일까.

원장이라는 그 사기꾼은 마구잡이로 피를 뽑아내고 있었다. 그 놈의 피 냄새를 참기도 어려웠지만, 저러다가 없던 빈혈도 생기겠다 싶었다.

돌아오는 내내 발걸음은 무거웠고, 루시는 실망한 것인지 화가 난 것인지 알 수 없는 표정이었다.

모월 모일 _ 할로윈 데이

루시가 그나마 어렵게 구한 편의점 알바를 때려치우고 나왔다. 우리 흡혈인간들은 웬만해서는 감정을 드러내지 않는다. 폭력을 쓰는 경우는 더더욱 거의 없다. 부득이한 전쟁이라면 모를까. 하지만 후천적 흡혈인간인 루시는 아직도 인간의 감정과 습성을 완전히 버리지 못한 듯했다. 아니면 아직도 한국인의 피가 남아 있어서 그런지도 모르겠다.

아무튼 그깟 정도의 희롱을 못 참다니. 예쁘다고 볼과 어깨를 몇 번 쓰다듬은 편의점 사장을 패대기친 것이다. 그 사장은 어린 여자애한테 패대기를 당했다고 차마 어디다 말도 못 하고 속으로 끙끙 앓았을 텐데, 루시는 남은 알바비까지 받아냈다고 했다. 인간들이란 참 알다가도 모를 족속이라 했더니 루시는 맞아도 싼 족속이라고 받아쳤다.

오늘은 할로윈 데이라 모처럼 마스크를 벗고 마음 놓고 원 없이 돌아다녔다. 루시가 받은 알바비로 그나마 싸구려 망토를 사서 걸치고는 송곳니를 대놓고 드러낸 채 이태원 거리를 돌아다녔다. 어느 누구도 의심하거나 이상하게 쳐다보지 않을 거라 생각했다. 물론 그건 나만의 오해였다. 얼마 지나지 않아 수상한 시선을 느껴 둘러보니 이놈저놈 할 것 없이 이놈의 인간들이 우리를 힐끗힐끗

독종과 별종들

위아래로 훑어보면서 가는 것이었다.

뭐지? 송곳니 때문일까? 너무 티를 냈나? 그러고 있는데 그 순간 늑대인간과 좀비 분장을 한 커플이 건너편에서 소곤거리는 소리가 귀를 후비고 들어왔다.

— 야, 쟤네 뭐냐? 왜 저리 없어 보이냐?

— 그치. 별 떨거지들까지 나온 걸 보니 이제 여기도 한물갔네. 크크.

피가 거꾸로 솟았다. 그래도 참으려 했는데 이번에도 루시가 문제였다. 말릴 새도 없이 골목까지 쫓아가서는 그 둘을 때려눕힌 것이다. 루시가 늑대인간의 피를 빼는 동안 어쩔 수 없이 나도 좀비의 피를 좀 빨아줬다. 루시의 저 욱하는 성질을 어쩔 것인가.

모월 모일 _ 의심

서울 변두리라고 하는 동네 몇 군데를 돌았다. 아직도 지부를 설치할 가장 적합한 곳이 어딘지 파악하지 못했다. 과연 우리가 한국은커녕 이 서울조차 장악할 수 있을지 자꾸만 의문이 든다.

서울은 건물도 사람도 정말 복잡한 구조다. 고층아파트와 판자
촌이 함께 붙어 있질 않나, 광장마다 빨간색 인간들과 파란색 인
간들이 한쪽은 촛불을 들고 한쪽은 태극기를 흔들며 서로를 향해
확성기로 죽어라 죽어라 떠들어대지 않나, 부자들은 가난한 사람
들에게 개돼지라며 욕을 해대는데 가난한 사람들은 뭐가 좋다고
저래 부자들을 칭찬하는지, 좀체 이해할 수 없는 요지경 세상이다.

그나저나 루시가 요즘 부쩍 더 나를 못미더워하는 눈치다. 본부
에서의 내 경력도 의심하는 듯하고. 하긴 며칠 동안 벌였던 멍청한
짓을 생각하면 입이 두 개라도 할 말은 없다.

데모하는 인간들 곁을 지날 때 누군가 흘린 지갑. 하필이면 그때
왜 그 지갑을 주웠던 것인지. 또 왜 하필이면 그 안에 그놈의 헌혈
증인지 뭔지가 들어 있었던 것인지.

― 루시, 봐 봐. 여기 헌혈증이라고 써 있는데? 혈액은행에 가면
피를 나눠주는 모양이야. 이게 일종의 저금통장인 듯한데….

루시는 긴가민가하는 표정이었지만, 나는 룰루랄라 콧노래까지

독종과 별종들

부르며 혈액은행이라는 데를 찾아갔다. "피 주세요. 피를 주세요." 했다가 미친놈 소리를 듣고 쫓겨났다. 물론 루시는 허탈한 표정으로 나를 쳐다볼 뿐이었다.

어디 그 일뿐인가. 내 딴에는 본부에서의 내 경력을 좀 보여주려고 했던 것이지만 이 또한 생각하면 멍청한 짓이었다.

피를 찾아다닐 것이 아니라 피가 찾아오게 하면 되지 않을까 궁리 끝에 생각한 것이 혈액형 분석기였다. 인간들이야 혈액형 분석기를 통해서 혈액형을 구분하지만 사실 우리는 살짝 맛만 봐도 무슨 형인지 바로 알 수 있다. 아, 우리 흡혈인간의 혈액형은 모두 O형이다. 가끔 특별한 혈액형을 지닌 흡혈인간도 있긴 하지만.

아무튼 내부는 비었고 케이스만 그럴듯한 혈액형 분석기 한 대를 구해서 무료로 혈액형을 진단해주겠다는 전단지를 돌렸는데, 집으로 찾아온 건 엉뚱하게도 순경이었다. 의료법 위반이라나 뭐라나. 우여곡절 끝에 훈방 조치로 끝났지만, 이 일로 루시는 내 경력 자체를 의심하는 눈치였다.

모월 모일 _ 오지랖

—총각? 새댁? 안에 있수?

느닷없이 주인 여자가 문을 두드렸다. 이 반지하방에 들어온 지 꽤 되었지만 월셋날이 아닌데 주인 여자가 찾아오는 건 처음 있는 일이었다. 혹시 우리의 신분을 눈치라도 챈 것일까? 문을 열고 나가니 주인 여자가 어떤 여자와 함께 서 있었다.

—무슨 일이세요?

—별일은 아니고, 아참 우리 동네 반장님이셔. 좋은 일이야. 내가 특별히 두 사람으로다가 추천을 했어. 아유, 반장님께서 설명을 좀 해줘봐.

순전히 주인 여자의 오지랖 때문에 벌어진 일이었다. 환경의 날을 맞아서 반장한테 우리를 추천했다는 것이다. 우리가 다른 세대와 달리 쓰레기 배출도 안 하고, 음식물 쓰레기 같은 건 아예 버리는 법도 없고 등등 해서 뭐라뭐라 우리를 환경 지킴인가 뭔가 하는 거로 추천을 했다는 것이다. 환경의 날에 표창장을 수여할 거라면서 주민센터로 나오라는 것이었다.

독종과 별종들

아, 이건 또 무슨 황당하고 어이없는 시추에이션! 루시까지 나와서 온갖 핑계를 댄 끝에 겨우 거절할 수 있었다. 아, 한국 사람들의 오지랖은 보통 큰 장애물이 아니다.

특별히 메모를 해두었다. 한국인들의 오지랖을 조심할 것.

모월 모일 _ 체면치레

며칠 전 헌혈증 사건으로 루시에게 망신을 당하긴 했지만 그래도 한 가지 소득은 있었다. 서울 곳곳에 헌혈차가 있다는 사실을 알게 되었고, 헌혈차에 붙은 현수막을 보니 자원봉사자를 모집하고 있었다.

루시와 함께 헌혈차를 찾아갔다. 루마니아에서 온 유학생들이라고 하니까 아무 의심도 하지 않았다. 루시와 내가 할 일은 간단했다. 헌혈을 마친 사람들에게 빵과 우유 그리고 헌혈증을 나눠주면 끝이다.

문제는 헌혈하는 것을 지켜보는 일이었다. 헌혈차 침대에 누운 사람들 팔에서 신선한 피가 흘러나오고 혈액 팩으로 피가 가득해지는 모습에 꼴깍 꼴깍 저절로 침이 넘어가려는데, 이걸 참는 것은 보통 문제가 아니었다. 하지만 내가 누군가. 본부에서 선발된 베테랑 정예 요원이 아니던가. 이 정도를 못 참으면 말이 안 되는 일이다. 신선한 피 앞에서도 의연한 이 선배의 모습을 은근히 루시에게 보여주려 했는데, 뭐지? 루시의 반응은 시큰둥했다. 괜히 뻘쭘했다. 확실히 루시에게는 내가 모르는 뭔가가 있다.

아무튼 이번 봉사활동에 제일 중요한 것은 따로 있었으니, 헌혈한 인간이 주사 바늘을 찔렀던 곳을 소독솜으로 막고 빵과 우유 그리고 헌혈증을 받으러 왔을 때, 최대한 시간을 끄는 것이다. 그래야 조금이라도 더 솜에 피가 고일 것이니까.

그렇게 버린 소독솜들이 쓰레기통 안으로 수북해지면 루시와 나는 번갈아가며 쓰레기통을 비우는 척 눈을 피해 피가 축축한 솜덩이를 빨아먹었다. 소독약 냄새 때문에 살짝 현기증이 나기도 했지만, 그럭저럭 허기를 면할 수 있었으니 그나마 루시에게 체면치레는 한 셈이었다.

일을 마치고 돌아오면서 아주 오래전 이집트에서 사제 일을 했던 먼 조상들이 떠올랐다. 갓 세상을 떠난 왕족의 피를 남김없이 빨아먹으며 호사를 누리던 그들이 문득 부러운 날이었다.

　　　　　　　　　　　　　　독종과 별종들

모월 모일 _ 한국의 속담

오늘은 루시에게 흡혈인간의 역사와 현재 전 세계 인간들 속에 흡혈인간이 어떻게 신분을 숨긴 채 살아가고 있는지를 얘기해주었다. 루시가 흡혈인간이 된 지 얼마 되지 않았고 교육도 제대로 받지 않은 상태라 틈틈이 교육을 해주어야 했지만 그 동안 그럴 시간도 여유도 부족했다.

인간의 과학 기술 발전에는 사실 우리 흡혈인간의 도움이 뒷받침되었다는 얘기, 십자군 전쟁이 우리 흡혈인간들의 주도로 벌어졌다는 얘기, 전 세계 자본의 50%는 우리 흡혈족 자본이라는 얘기 등등. 내 얘기를 듣는 내내 루시의 표정은 변화무쌍했다. 놀랍다는 표정, 알고 있었다는 표정, 설마 하는 표정 등등. 그러고 보니 루시가 제법 매력적인 여자다. 지금까지 왜 몰랐을까? 지금까지 그냥 어린애로만 생각했던 것 같다. 이백 살 남자와 스물세 살 여자… 하긴 우리에게 그런 나이 차이가 무슨 소용이란 말인가.

— 블라드, 얘기하다 말고 무슨 생각하는 거야? 얼굴은 왜 빨개진 거고? 가만 있어봐. 혹시 감염이라도 된 거 아니야?

— 웅? 아니야 감염은 무슨? 어디까지 얘기했더라. 안 되겠다. 오늘은 여기까지만 하자.

임무를 수행하러 와서 무슨 엉뚱한 생각이란 말인가. 거울을 들여다보니 정말로 얼굴이 빨개져 있었다. 쪽팔렸다. 분위기가 좀 이상했는지 루시가 한국 속담 공부를 하자고 했다. 공부라고 했지만 실은 누가 더 많이 아는지 속담을 한 문장씩 얘기하다가 끊기는 사람이 지는 게임이었다.

— 피는 물보다 진하다.

— 손에 피를 묻히다.

— 피는 못 속인다.

— 피를 토하다.

— 피눈물을 흘린다.

— 피를 나눈 형제.

여기까지는 좋았는데 "피를 토하다"에서 조금 아깝다는 생각이 들더니 "피가 끓는다"와 "피가 얼어붙다"에서는 그 맛을 상상만 해도 비위가 상했다. 나도 루시도 정말로 피를 토할 것 같았다. 결국 게임은 거기서 멈출 수밖에 없었다.

그런데 한국 속담에 왜 이렇게 피 얘기가 많지? 혹시 우리가 모르는 역사가 있는 거 아닐까? 우리 흡혈족이 이미 오래전에 이곳에 살았던 건 아닐까? 그렇다면 선지 해장국도 우리 선조의 유산? 에이, 설마.

모월 모일 _ 타투

3층에 산다는 여자가 언제부턴가 자꾸 친한 척을 했다. 자기도 유럽에서 공부를 했다, 우리를 보면 자꾸 그때가 생각난다, 등등 집 앞에서 우연히 만날 때마다 자기 자랑을 늘어놓는 여자. 처음엔 귀찮았는데 굳이 피할 이유도 없고 사귀어두면 쓸모 있지 않을까 싶기도 했다. 그러던 어느 날 루시가 그러는 거였다.

— 그 여자 말이야?

— 그 여자라니, 누구?

— 3층 여자 말이야. 그 여자가 타투 아티스트라는데? 제법 큰 가게를 운영하고 있는데, 조수를 구하고 있다잖아.

유럽에서 공부했다는 게 타투였던 것이다. 순간 머리를 스치는 것이 있었다. 타투를 새기려면 제법 피를 흘릴 것 아닌가. 조수로 취직만 하면 돈도 벌고 피도 먹고 타투 기술도 배울 수 있으니 그 야말로 일타 쓰리 피요 꿩 먹고 알 먹고 둥지 털어 불 때고 도랑 치고 가재 잡고 발 담그고 물 구경하는 것 아니겠는가. 흐흐.

그날부터 여자를 기다리고 있다가 우연히 마주친 것처럼 인사를 나누고 얘기를 들어주고, 그러면서 조금씩 친해진 나는 마침내 조수로 취직할 수 있었다.

생각대로였다. 헌혈차 봉사활동 때와는 차원이 달랐다. 솜에 밴 피의 양도 훨씬 많았을 뿐 아니라 피를 닦아낸 솜을 관리하는 것도 소홀했다. '물 반 고기 반' 아니 '솜 반 피 반'이었다. 실컷 빨아 먹고도 남아서 별도 포장해서 집으로 가져갈 만큼 충분했다. 루시도 모처럼 만족한 표정이었다.

복귀하면 교육 과정에 타투 기술을 추가할 것을 건의해야겠다.

아, 호사다마, 좋은 일에는 마가 낀다고 했던가. 새옹지마라 했던 가. 얼마 지나지 않아 일을 그만둘 수밖에 없었다.

예쁘고 멋진 그림이나 디자인도 많은데, 가게를 찾는 손님들 대부분 해골 문신이나 괴물 문신을 새겨달라는 게 도무지 이해가 되질 않았다. 그래도 뭐 그 정도야 참을 만했다. 유럽에서도 많이 보았던 것이니까. 문제는 그게 아니었다. 앞서도 얘기한 바 있지만, 나는 좀비 영화를 무척 싫어한다. 하긴 그게 어디 나뿐일까? 흡혈인간이라면 누구든 좀비 하면 알레르기 반응을 보일 것이다.

그날 여자 둘이 들어왔을 때, 처음 볼 때부터 이미 알아보긴 했다. 울긋불긋한 머리 모양새며 눈썹이며 코 입술 귀까지 온통 피어싱을 한 꼴이라니, 뭔가 불길한 생각이 엄습했다. 원장이 반갑게 맞는 것을 보니 단골인 모양이었다. 그러고는 두 여자 모두 자연스럽게 윗도리를 훌훌 벗더니 브래지어까지 거리낌 없이 벗어 내게 던지고는 침대에 나란히 엎드리는 것이었다.

— 뭐해? 손님들 옷은 저쪽에 잘 걸어놓고 마취 연고를 발라드

려야지?

윗도리와 브래지어를 걸어놓고 와서 마쳐 연고를 바르려고 하는데 이럴 수가, 두 여자의 등판대기에 그려진 것들이 온통 좀비, 그것도 내가 제일 싫어하는 표정과 장면들이 뒤엉켜 있었다. 아, 씨발! 좆됐다! 차마 눈을 뜰 수 없어 실눈을 뜨고 똥 씹은 표정으로 연고를 바를 수밖에 없었다.

— 얘 좀 봐라. 부끄럼 타나보네?

— 얘 누나가 그렇게 무섭니? 왜, 누나가 젖 좀 줄까?

이런 쓰벌 것들, 결국 구역질을 못 참고 두 년들 등판에 토를 하고 뛰쳐나왔다. 아예 상판대기에 토하고 왔어야 했는데… 루시는 그 정도도 못 참아서 어떻게 지부를 만들 생각을 하냐고 타박을 했지만, 세상에는 인력으로 도저히 안 되는 일도 있는 법이다.

모월 모일 _ 피교육생

아침 일찍 루시가 편의점 알바 면접을 본다며 나갔다. 나도 인력 사무소에라도 가볼까 하다가 그만뒀다. 머리가 찌뿌둥해서 오늘은 집에서 쉬기로 했다.

한국 오기 전 본부에서 교육을 받을 때만 해도 얼마나 자신감에 충만했던가. 한국에 들어올 때만 해도 나는 쉽게 생각했다. 두세 달 안에 서울을 접수하면 나머지 지방은 한두 달이면 정리될 것이고, 그러니 아무리 길어도 육 개월 안에 지부를 세울 수 있을 거라고 낙관했다. 한국을 몰라도 너무 몰랐고, 서울을 몰라도 너무 몰랐다. 겪으면 겪을수록 뭐 이런 나라가 있나 싶고 뭐 이런 인간들이 있나 싶다. 몸도 정신도 자꾸만 지쳐간다. 그래서일까. 요즘은 자꾸 피교육생 시절을 떠올리게 된다.

우리 종족이 세계 곳곳에 자리를 잡은 지가 유구한 세월인데 유독 최후까지 미개척지로 남은 곳이 바로 이곳 코리아 대한민국이다. 오래전부터 지형적으로 일조량이 많고 유난히 마늘을 좋아하는 한국 인간들의 식성이 큰 걸림돌이었다. 물론 지금은 일조량이 큰 문제는 아니다. 한 번 바르면 최소 24시간 동안 자외선을 완전히 차단할 수 있는 선크림을 개발한 지 오래되었기 때문이다. 결국 문제는 그놈의 마늘이다.

한국에 지부를 만들기 위해서는 최우선으로 마늘 문제를 해결

해야 했다. 오랜 궁리 끝에 나온 해결책이 바로 마늘에 대한 내성을 만드는 것이었다. 다른 피교육생들과 함께 나는 교육 기간 내내 아침 점심 저녁 매 끼니마다 마늘을 섭취해야 했다. 처음에는 극소량의 마늘 가루를 다른 음식에 섞어 먹고, 조금씩 그 양을 늘려가면서 내성을 키우는 방식이었다. 하지만 모든 교육생이 이 내성 훈련을 통과하지는 못했다. 정신력이라기보다 체질 문제이겠지만 어쨌든 많은 교육생들이 중도에 탈락하고 최종적으로 훈련을 마친 교육생은 소수였다. 나는 그 소수의 졸업생 중 하나고, 마늘에 대한 내성이 거의 완성 단계에 이르렀다고 보면 된다. 물론 여전히 마늘 냄새가 역하긴 하지만 그래도 그게 몸에 이상을 일으키거나 참지 못하는 것은 아니다. 문제는 루시다. 아직 마늘 냄새를 쉽게 참아내지 못한다. 인간 특히 한국인의 피가 아직 남아 있어 그나마 마늘에 대한 내성을 지니고 있긴 하지만 냄새만큼은 참기 어려운 모양이다.

인간들은 흔히 우리가 피만 먹는 줄 아는데 잘못 아는 거다. 우리의 주식은 당연히 인간의 혈액이지만 그렇다고 우리가 온전히 인간의 혈액만 먹는 것은 아니다. 비타민을 비롯해 피에서 공급받지 못하는 여러 가지 영양소를 섭취하려면 일반적인 음식도 가끔 먹어줘야 한다. 그것이 또한 우리가 인간들과 자연스럽게 공존할 수 있는 힘이기도 하다. 인간이 먹는 음식 대부분을 우리도 먹을

독종과 별종들

수 있기 때문이다. 마늘 같은 특별한 음식을 제외하고는 말이다. 비타민 섭취를 제대로 하지 않으면 사실 우리도 인간과 마찬가지로 구루병에 걸리기도 한다. 과거 우리 선조들이 망토를 걸쳤던 이유가 바로 구루병 때문에 척추가 휜 것을 가리기 위한 것이었다. 그것을 모르는 인간은 우리가 늘 망토를 착용하는 줄로 안다. 가장 중요한 영양 공급원이라는 이유 때문에 멍청한 인간들과 공생해야 하는 게 답답할 때가 많다. 인간의 개체수가 줄면 결국 우리가 식량난에 봉착하게 되는 것이니 인간이 병들지 않게 굶주리지 않게 우리가 노력해야 하다니, 생각하면 어처구니가 없긴 하다.

하긴, 아주 오래전 선조들도 이미 이런 고민을 했다고 역사 시간에 배웠다. 선조들이 인간의 개체수 감소로 식량난에 닥칠 것에 대비해 대체 식량을 개발하느라 수많은 노력을 해왔다고 했다. 포유류는 물론 조류나 어류에 이르기까지 시식해보지 않은 피가 없다고 했다. 오랑우탄, 침팬지, 고릴라 등 영장류의 혈액은 임시 대체가 가능하지만 인간보다 개체수가 워낙 적어 의미가 없고, 성분별로 추출해서 조합하거나 발효나 숙성 등 온갖 방식으로 가공도 해보았지만 결국 다 실패했다고 했다.

물론 지금도 우리의 과학자들이 인간의 피를 대신할 물질을 연구하고 있지만 결실을 보지는 못하고 있으니, 당분간은 아니 앞으로도 상당 기간 인간과 공생해야 할 것이다. 아, 인간들이 알면 기가 막히겠지만, 세계적인 혈액 관련 제약 회사와 연구소 대부분은 우리 종족이 운영하거나 우리 종족과 관계가 있다. 인간의 피를 대신할 물질 연구뿐 아니라 인간의 피를 질병으로부터 보호하는 연구도 병행해야 하기 때문에 어떤 면에서는 인간들이 우리에게 고마워해야 한다. 식량 공급원이 오염되면 결국 우리도 같은 운명에 처할 것이니 고육지책이긴 하지만 말이다. 실례로 에이즈 같은 질병이 출현했을 때 실은 인간보다 우리가 더 걱정하지 않았던가. 어쨌든 우리가 인간의 피를 대체할 물질을 만들기 전까지는 싫든 좋든 인간과 공생하지 않을 수 없으니.

그나저나 루시가 너무 늦는다. 알바 면접은 어떻게 되었는지? 아침에 나가서는 아직까지 감감 무소식이다. 뭔 일이라도 생긴 건 아닐까? 하긴 뭔 일이야 있을까? 그 성격에 사고나 치지 않으면 다행이지.

모월 모일 _ 사면초가

아침부터 루시의 얼굴이 창백하다. 실은 어젯밤 늦게 들어왔을 때 그때 이미 표정이 좋지 않았다.

— 아무래도 예감이 좋지 않아.

— 뭔데? 어제 무슨 일 있었던 거야?

— 그게 말이야. 어제 편의점 알바 면접 보러 갔잖아….

루시의 말은 충격이었다. 편의점 사장이 루시를 알아봤다는 것이다. 까맣게 잊고 있었는데, 할로윈 데이 그때 그 늑대인간과 좀비를 골목에서… 그게 문제였다. 그 장면을 누군가 휴대폰으로 동영상을 찍어서 SNS에 올린 것이다. 편의점 사장이 알아볼 정도라면 이건 심각한 일이다.

— 일단 뭐라도 먹자. 먹으면서 얘기하자.

집을 나선 우리는 길 건너 24시간 해장국집에 들어가 선지해장국 두 그릇을 시켰다.

— 어머! 드라큘라 커플이다.

마스크를 벗고 선지를 먹으려고 한 숟갈 뜨는데, 종업원이 우리를 보고 소리를 질렀다.

─ 두 분 맞죠? 그날 할로윈 데이 때 이태원에서… 그 사람들 맞
죠?

갑자기 다른 테이블에 있던 사람들이 휴대폰을 꺼내서는 우리
를 찍어대기 시작했다. 이건 생각보다 아니 생각이고 뭐고 일단 그
자리부터 피하고 봐야 했다. 우리는 서둘러 도망치듯 빠져나와 숙
소로 돌아왔다.

본부에서 연락이 왔다. 본부에서도 이미 우리의 상황을 알고 있
었다. 하긴 본부에는 24시간 실시간으로 전 세계 영상물을 감시하
고 분석하는 부서가 있다는 것을 듣긴 했다. 특히 드라큘라와 같
은 흡혈인간을 다룬 영상물은 아주 작은 것 하나도 놓치지 않고
감시하고 분석한다고 들었다. 본부에서는 더 이상의 대책이 없다
면 속히 귀환하라는 것이다.

아, 사면초가 진퇴양란, 망연자실 막무가내 속수무책이다. 이럴
때 쓰는 말이 맞던가? 아무튼 좆됐다.

　　　　　　　　　　　　　　　독종과 별종들

모월 모일 _ 가자 북으로

그날 할로윈 데이 때 우리를 찍어 SNS에 올린 동영상은 이제 한국을 넘어 세계적인 뉴스가 되었다. 조회수만 해도 어느새 1,000만을 넘었다. 이제는 공중파 뉴스에서도 우리 얘기를 하고 있다.

한국이 인터넷 천국인 줄은 알았지만 이 정도일 줄은 몰랐다. 사태는 들불처럼 걷잡을 수 없이 번졌다. SNS에는 우리를 찾는다는 공지가 떠다니고 심지어 국내외에서 스폰서 제안까지 떠돌았다. 어떤 변호사는 자신의 유튜브에서 법적인 모든 것은 자기가 책임을 질 테니 자신의 개인 방송에 고정 출연을 제안하기도 했다.

본부에서는 계속 귀환을 독촉했다. 일이 더 커지면 본부에서 특단의 조치를 취할 것이다. 귀환하거나 아니면 확실한 대책을 마련해야만 했다. 하지만 무슨 수로? 아무리 생각해도 묘안이 떠오르지 않았다.

— 블라드, 그때 그 얘기 기억나? 자기가 그랬잖아. 북한의 피바다 얘기…

아, 맞다. 그때 그놈들, 밤새 화투판에서 나를 괴롭혔던 그놈들 중 북한에서 왔다는 놈이 그랬다. 그래 기억이 났다. 북한의 피바다 얘기…. 왜 진작 그 생각을 못했을까?

— 루시, 넌 천재야 천재, 지니어스! 브라보!

그날 우리는 며칠 내로 이곳을 정리하고 피가 바다처럼 흐르는 땅, 지상낙원 북한으로 가기로 했다. 그런데 북한은 어떻게 가지?

— 블라드. 지난번에 편의점 알바 할 때, 새터민인가 북한이탈주민이 체류하는 곳이 있다고 들었어. 일단 거기부터 찾아가보자.

수소문 끝에 우리는 북한이탈주민을 만날 수 있었고, 북한을 들어갈 수 있는 방법을 모색했다.

드디어 모든 준비를 끝냈다. 오늘은 이곳에서의 마지막 날이다. 루시와 나는 가발을 쓰고 마스크를 쓴 채 마지막으로 서울의 인사동 거리를 걸었다.

루시가 어느 토산품 가게 앞에서 걸음을 멈추고는 물끄러미 진열장을 바라보다가 손가락으로 탈을 가리켰다.

독종과 별종들

— 블라드. 저것 좀 봐. 당신 말대로라면 여기도 오래전에 흡혈인간이 살았던 게 아닐까?

루시는 내가 가르쳐준 우리 선조들의 얘기를 기억하고 있었던 것이다. 사실 전 세계 곳곳의 가면이나 탈들은 대부분 우리 선조들이 개척 초기에 햇빛 차단용으로 만들었던 것들이다. KKK단의 복면이나 중세 망나니가 뒤집어쓰던 두건들도 마찬가지고. 중국의 변검을 창시한 것도 우리 선조가 아니었던가.

그런데, 한국에도 우리 선조가 만든 탈이 있다는 얘기는 못 들었는데⋯ 우리 선조가 만든 게 아니라면⋯ 역시 무서운 나라다. 무서운 민족이다.

숙소로 돌아온 우리는 미리 준비한 가방만 메고 서둘러 비무장지대로 향했다.

가자! 북으로!
오지 마라! 남으로!

이상이 발견된 공책의 내용입니다.

유튜브를 확인한 결과 내용이 사실과 부합되는 점이 있어 관계 부처와 협의하여 자세히 분석해 대책을 세우고자하니 비상대책위원회 구성을 인허해주시기 바랍니다.

이 날의 국가안전보장회의 내용은 그러나 언론에 알려지지 않았다. 북한에서도 어떤 움직임도 보이지 않았다.

좀비, 디 오리진

A.M. 05:00

새벽 다섯 시에도 불야성(不夜城)을 이루는 곳이 있을까. 있다면 그곳은 어떤 곳일까? 평범한 사람들에게는 어려운 질문이겠지만 어떤 사람들에게는 너무도 간단한 질문이기도 하다.

강원도 정선 사북읍 산골짜기에 자리 잡은 낙원랜드 호텔 1층 카지노는 지금 새벽 다섯 시라는 사실이 무색할 만큼 휘황하게 불을 밝히고 있다. 12월의 크리스마스이브, 폭설이 내릴 거라는 일기 예보도 잊은 채, 카지노 안에는 영하의 날씨가 무색하게 후끈 달아오른 사람들로 가득하다. 천 대가 넘는 슬롯머신과 이백 여개의 테이블에는 빈자리가 보이지 않고, 낙원을 꿈꾸며 밤을 새운 군상들이 밤이 새고 있는 줄도 모른 채 오로지 게임에 집중하고 있다.

독종과 별종들

슬롯머신마다 결코 터지지 않을 잭팟에 목숨 건 사람들과 테이블마다 대박을 꿈꾸며 밤을 새운 군상들이 한 시간 남은 폐장 시간을 앞두고 저마다 벌겋게 충혈된 눈으로 카드가 한 장씩 뒤집어지고 승패가 결정될 때마다 실망스런 탄식이나 기쁨에 찬 탄성을 내뱉는다.

카지노는 슬롯머신 구역과 테이블 구역이 분리되어 있고, 테이블도 입구 쪽의 소액 베팅 테이블부터 안쪽으로 들어갈수록 베팅 하한선이 점점 커지는 구조로 되어 있다. 물론 거는 액수에 상관없이 모든 테이블마다 구경꾼들이 빽빽하게 둘러선 채 카드가 뒤집힐 때마다 침을 꼴깍꼴깍 삼킨다.

초저녁에 와서 일찌감치 가진 돈을 다 털리고 맥없이 이 테이블 저 테이블을 옮겨 다니며 기웃대는 사람. 아주 드물긴 하지만 자신이 정해놓은 소정의 금액을 따고는 팔짱을 끼고 느긋하게 구경하는 사람. 알지도 못하는 사람 뒤에서 원하지도 않는 응원의 박수나 함성을 질러가며 개평이라도 얻어보려고 안간힘을 쓰는 사람. 꿍짓 돈 빌릴 돈푼깨나 있는 사람을 물색하느라 바쁘게 눈동자를 굴리는 사람.

온갖 부류의 사람들이 북적이는 곳이고 나이나 옷차림들은 제각각이지만 표정이나 자세를 보면 한눈에 보아도 딱 둘로 나뉘어 있다.

승자와 패자.

물론 승자가 된다 해도 오늘 단 하루만 주어진 승리일 뿐이다. 카지노에서 최종 승자는 오직 카지노일 뿐이다. 애초에 그렇게 설계된 곳이다. 언제나 마지막에는 카지노가 이기도록 설계된 곳. 그래서 카지노에는 시계가 없고 창문이 없다. 카지노에 들어온 이상 그 누구도 시간 가는 줄 몰라야 하고 밤낮이 바뀌는 걸 몰라야 하기 때문이다. 카지노는 그렇게 설계된 곳이다.

휘황찬란한 인공의 불빛 아래 불나방처럼 모인 사람들, 밤을 새운 끝에 결국 패자가 된 사람들, 그들이 내뱉는 욕설과 숨결에서는 밤새워 마신 술 냄새와 담배 냄새가 섞인 쾨쾨한 악취가 풍긴다. 그 악취는 시체가 썩는 냄새만큼이나 참기 힘들 정도로 고약하다.

그런 까닭에 새벽 다섯 시는 카지노 딜러들이 가장 힘들어하는 시간대다. 추락한 욕망의 끝에서 인간의 모든 추악함이 악취와 함께 드러나는 시간이기 때문이다.

독종과 별종들

*

　카지노 홀 가운데 중간 규모의 액수를 베팅하는 테이블. 거무스름한 피부에 각진 얼굴, 곱슬머리에 추리닝 차림의 사내가 욕설을 내뱉으며 앞에 남은 몇 개의 칩을 모두 밀어 베팅을 했다.

　— 에이 씨발! 그래, 다 가져가라. 오링이다!

　오링은 "all in" 즉, 가진 것을 다 건다는 도박판 용어로 원래 발음은 '올인'이다. 오링을 외친 이는 다름 아닌 조종걸이다.

　종걸은 경기도 지역의 전문대학 경호학과를 나와 공수특전단에 자원입대하여 칠 년간의 장기복무를 마치고 중사로 전역하였고 그간 착실히 저금을 해서 마련한 목돈으로 어릴 때부터 수련한 검도 - 그는 검도 4단이다 -를 밑천으로 30대 후반에 자신의 꿈이었던 도장을 열고 착실하게 살아온 무도인이었다.

　종걸의 인생이 꼬이기 시작한 건 그놈의 카지노 때문이었다. 낙원랜드 카지노 보안과장으로 취업했다는 선배만 아니었어도, 아니 그때 그날 그를 만나러 이곳에 오지만 않았어도, 종걸은 지금도 무도인으로서 가장으로서 존경받으며 잘 살고 있었을지도 모른다.

선배도 만날 겸 구경삼아 카지노에 왔던 것뿐인데, 장난삼아 한 번 카드 게임을 해봤던 것뿐인데, 하지만 종걸은 그것이 늪이고 그것이 덫이라는 것을 그때는 꿈에도 몰랐다. 한 번 담그면 결코 빠져나올 수 없는, 발버둥칠수록 더 깊이 빠져 들어가게 되는 수렁, 한 번 걸리면 결코 빠져 나올 수 없는, 몸부림칠수록 더욱 목을 죄는 올가미라는 것을 깨달았을 땐 이미 늦은 후였다. 아이러니하게도 그 선배는 오래전에 이곳을 떠났지만.

종걸의 도장은 다른 도장 원장들이 샘을 낼 만큼 잘나가던 도장이었다. 그건 종걸이 진정한 무도인으로서 관원들과 함께 수련하며 누구보다 열심히 관원들을 가르쳤기 때문이다. 그런 종걸이 카지노에 발을 들인 후 변한 것이다. 처음에는 드문드문 카지노를 출입했지만 점점 그 횟수가 늘더니 어느 날부터는 아예 고참 수련생들에게 도장을 맡긴 채 카지노에서 살다시피 했다. 당연히 관원들이 하나둘 줄면서 월세가 밀리기 시작했고 급기야는 보증금까지 다 날려 이제 쫓겨날 처지까지 오게 된 것이다.

돈이 죽지 사람이 죽나 하는 심정으로 종걸은 남은 칩을 다 걸었지만 안타깝게 이번에도 허망하게 다 날려버렸다. 초저녁에는 제

독종과 별종들

법 끗발이 올랐다. 어찌어찌해서 겨우 마련한 밑천 이백만 원을 천만 원까지 불린 것이니 오늘이야말로 대박을 터뜨릴 수 있을 것만 같았다. 하지만 도무지 멈출 줄 모르는 그 욕심이 늘 화근이다. 조금만 더 조금만 더 그렇게 욕심을 부리다 보니 새벽이 되었을 때는 어느새 땄던 돈은커녕 밑천마저 다 털린 것이다. 도박이란 게 그런 거다. 따면 딴 만큼 욕심을 부리게 되고 잃으면 잃은 만큼 조바심을 내게 되는 거다. 따도 구렁텅이로 빠지고 잃어도 수렁에 빠지는 법이다. 종걸이 지금 딱 그 꼴이었다.

호기롭게 오링을 불렀지만 밑천까지 전부 털리고 허탈해진 종걸이 투덜거리고 있을 때 누군가 팔꿈치로 종걸의 어깨를 툭 건드렸다.

양손에 두둑한 칩 박스를 들고 있는 그녀는 돼지엄마다. 갈색 모피 반코트에 베이지색 실크 블라우스, 가죽 치마에 어그부츠까지 신고 있어 한눈에 봐도 돈푼깨나 있는 티를 퍽퍽 풍기는 그녀는 종걸과도 거래한 적이 있는 꽁지꾼이다. 이곳에서 사채업자를 흔히 꽁지꾼이라 부르고 사채를 꽁짓돈이라 부른다.

종걸이 짜증스런 표정으로 무슨 일이냐는 듯 눈을 치뜨자 돼지엄마가 찡긋 윙크를 하며 음흉한 웃음을 보냈다.

돼지엄마의 진짜 이름은 아무도 모른다. 하지만 이곳에서 돼지
엄마 하면 누구나 다 안다. 아니 아는 정도가 아니라 카지노에 자
주 드나드는 사람들에게는 거의 전설로 알려진 꽁지꾼이다.

떠도는 말에 의하면 그녀는 몇 년 전만 해도 착실한 주부였다고
한다. 남편도 성실하기 짝이 없어 비교적 젊은 나이에 개인택시를
마련해 착실히 생활비를 벌어다 주는 참한 사람이었는데, 어느 날
서울에서 전세 손님을 태우고 카지노에 온 것이 그만 그들의 운명
을 바꿔놓았다고 한다.

손님이 아침에 올라갈 테니 그때까지 찜질방에라도 가서 쉬었다
오라며 왕복 차비 외에 몇 만 원을 얹어주었는데 그것이 화근이었다.

구경삼아 카지노에 들어간 그는 어차피 공짜로 생긴 돈이니 버
릴 셈으로 생전 처음 슬롯머신 앞에 앉았다. 전 세계 어느 카지노
에든 귀신이 있다고 하지 않는가. 처음 온 손님은 무조건 돈을 따
게 해준다는 카지노 귀신 말이다.

그 역시 아무것도 모르고 옆자리 손님이 하는 대로 코인을 넣다가 얼결에 50만 원을 따게 되었다. 하룻밤 장거리 왕복 요금보다 많은 돈을 순식간에 번 것이니 그 짜릿한 맛을 어떻게 쉽게 잊을 수가 있을까?

다음 날, 손님을 태우고 서울에 돌아온 그날부터 걸핏하면 슬롯머신의 릴이 돌아가는 소리와 사람을 현혹시키는 그림들이 눈앞에 아른거렸다. 그야말로 카지노 귀신에게 홀려도 단단히 홀린 것이니, 아내에게는 장거리 손님 핑계를 대고 카지노로 달려와 밤을 새우는 일이 허구한 날 반복되었다.

그렇게 밤을 새운 다음 날에는 돈을 따든 잃든 장거리 손님에게 받은 수입금이랍시고 아내에게 자신의 돈을 보태어 갖다 줄 수밖에 없었다. 얼마 지나지 않아 착실하게 모아두었던 용돈은 바닥을 드러냈고, 결국 넘어선 안 되는 선을 넘고야 말았으니 꽁짓돈을 쓰기 시작했다. 당시 개인택시 면허가 프리미엄만 해도 억대가 넘었으니 카지노 주변에 널리고 널린 꽁지꾼들에게 몇 십, 몇 백만 원을 빌리는 건 일도 아니었다.

하지만 그는 몰랐다. 꽁지 빚은 산에서 굴린 눈덩이와 같다는 것을. 갚는 게 일도 아니라 생각한 그 작은 빚이 굴러 순식간에 산더

미처럼 커진 것이다. 그는 어떻하든 만회해보려고 슬롯머신을 떠나 바카라 테이블로 옮겼고, 아내 몰래 집을 저당 잡혀가며 게임을 했지만, 카지노에서의 승자는 언제나 카지노라는 사실 또한 그는 몰랐다. 결국 꽁지꾼들의 빚 독촉에 시달리던 그는 끝내 목을 매고 말았다고 한다.

청천벽력 같은 남편의 사망 소식에 돼지엄마는 한동안 제정신이 아니었다. 둘 사이에 자식이 없었다는 것이 그나마 불행 중 다행이었다고나 할까?

남편의 장례를 치르기도 전에 몰려온 꽁지꾼들. 남편의 노름빚을 고스란히 물려받은 그녀는 꽁지꾼들에게 매일같이 빚 독촉에 시달려야 했다. 이제 와 죽은 남편을 원망해본들 소용없는 일이었다. 빚에서 벗어날 수 있는 방법은 하나밖에 없었다. 그녀는 결국 살고 있던 연립주택을 팔아 남편 빚을 청산하였고, 맨몸으로 낙원랜드 카지노가 있는 이곳 사북읍에 와서 사글셋방을 얻었다.

그녀는 남편이 빚을 졌던 꽁지꾼들을 일일이 찾아가 자기를 일꾼으로 써달라고 간청을 했다고 한다. 아들의 별명이 돼지라고, 있지도 않은 아들의 별명까지 대가며 자기를 돼지엄마라고 불러달라고, 서울 친정 엄마 집에 맡겨놓은 아들에게 생활비와 교육비를 보내야 한다며 떼를 썼다고 한다. 마지못해 한 꽁지꾼이 수금 일을 시켰는데, 억척같이 맡은 일을 해내고 안 해도 될 궂은일이나 잔심 부름까지 맡아 하는 것이니 금세 꽁지꾼들 사이에 일 잘하기로 소문이 퍼졌다고 한다.

그렇게 일 년이 지났다. 그녀는 하루라도 빨리 직접 꽁지 일을 하고 싶었지만 이곳의 꽁지꾼들은 대개 건달을 끼고 있기 마련이다. 하고 싶다고 아무나 마음대로 할 수 있는 게 아니다. 다행히 이곳 토박이 건달조직 털보파 우두머리가 그녀의 일 처리하는 모습을 관심 있게 지켜보았고 그녀의 처지를 딱하게 여겼다. 그 덕분에 그녀는 이곳에 온 지 1년 만에 털보의 양해를 얻어 사채시장 한 귀퉁이에 발을 들여놓게 된 것이다. 다만 털보는 두 가지 조건을 걸었다.

첫째, 무슨 일이 있어도 50만 원 미만의 고객만 상대할 것.
둘째, 꽁지 이자를 3일에 5%로 할 것.

털보는 기존 꽁지꾼들이 기본적으로 50만 원 이상의 꽁짓돈만 취급하고 또 일주일에 10%의 이자를 받고 있었기 때문에 이들이 반발하지 않을 조건을 그것도 이들이 보는 앞에서 내걸은 것인데, 털보의 예상대로 기존 꽁지꾼들은 그런 조건이라면 전혀 문제없다며 그녀를 받아주었다.

그런데 그게 신의 한 수가 될 줄 누군들 알았을까. 기존의 꽁지꾼들이 대수롭지 않게 내어준 그 소액 시장이 일종의 틈새시장으로 장차 블루오션이 될 줄은 아무도 몰랐다.

꽁짓돈을 빌려주면서 일주일에 10%라는 고이율을 내세우는 데는 그럴 만한 사정이 있기도 했다. 도박에 중독된 사람들이 뭔들 못 하겠는가. 빌리고 빌리다 결국 꽁짓돈을 더 이상 갚지 못하게 되면 외국으로 도주하거나 아니면 돼지엄마 남편처럼 극단적인 선택을 하는 경우도 많기 때문이다. 그러니까 꽁짓돈의 고이율과 선이자 떼기는 그런 위험 부담에 따른 일종의 안전장치이기도 했다.

하지만 돼지엄마는 카지노에서 죽치는 사람들은 상대하지 않았다. 오히려 카지노에 처음 오는 고객만을 상대로 주민등록증이나 운전면허증을 담보로 잡고 50만 원 미만의 금액만 빌려주고 사흘에 5%의 이자를 받았다. 물론 털보가 내세운 조건을 지키기 위한 방편이긴 했지만, 결과적으로 그녀가 새로운 틈새시장을 만든 셈이었다. 사흘에 5%도 결코 작은 이자가 아니었지만, 카지노에 처음 온 사람들은 기꺼이 그녀의 꽁짓돈을 썼다. 그녀의 고객들은 어차피 현금인출기의 출금 기록이 카드 명세서에 남는 것을 꺼리는 관광객들이거나 초짜들이라 여기서 오랜 시간을 머물지 않는다. 그러니 그들에게 사흘이면 적당한 기한이었고 5%의 이자를 더한 다 해도 기껏해야 카지노 구경 값 정도로 생각했다. 무엇보다 그들에게 돈을 떼이는 경우는 없다시피 했다. 오히려 돼지엄마의 복돈 덕분에 돈을 땄다며 팁을 얹어주는 경우도 허다했다.

그녀가 이곳에 처음 와서 꽁지꾼 밑에서 수금 일을 할 때, 채무자가 누구든 제때 돈을 갚지 않으면 어떤 수단과 방법을 가리지 않고 받아냈다는 것은 이 바닥에서 모르는 사람이 없다. 나 죽여라 하며 스스로 제 옷을 찢고 땅바닥에 뒹구는 것은 그나마 봐줄 정도였으니 그녀의 그악스러움은 지금도 전설로 전해지고 있다. 누구든 그녀의 돈을 안 갚는다면 반드시 혹독한 대가를 치러야만 한다는 것을 모르는 이는 없다. 그러니 그녀의 돈을 안 갚는다는 것은 상상도 못할 일이었다.

아무튼 이런 아사리판에서 틈새시장을 독점한 그녀는 불과 몇 년 사이에 제법 유명해졌다. 남편의 노름빚 때문에 맨몸으로 이곳에 와서 세 들어 살던 방 여덟 개짜리 여인숙까지 인수한 것은 이 바닥에서 전설처럼 전해지고 있다. 게다가 그녀는 처음 남의 밑에서 수금꾼 노릇을 할 때부터 내로라하는 조직의 우두머리들이나 연예인, 프로 스포츠 선수들, 공무원, 의사, 변호사, 심지어 목사에 이르기까지 온갖 유명인들이 도박에 빠져 순식간에 몰락하는 모습들을 수없이 보아왔기에 꽁지 일을 하면서도 본인은 절대 게임에 참여하지 않는 독종으로도 유명했다.

카지노의 휘황찬란한 불빛이 숨기고 있는 어둠이 바로 꽁지꾼과 조직폭력배라는 아수라다. 전당포와 금은방을 차려놓고 불법과 합법의 경계에서 돈놀이를 하거나 자동차를 담보로 잡고 제법 큰돈을 빌려주는 기업형 대부업은 이미 지역과 전국의 군소 조직들이 차지하고 있고, VIP룸을 무대로 신분이 확실한 거물 고객과 신용 거래를 하는 큰손들은 전국구 조직이 차지하고 있으니 카지노야말로 이들이 판치는 아수라장이었다. 그 아수라장에서 큰손들이 대수롭지 않게 생각하는 소액 사채시장을 독점한 것이 바로 돼지엄마였다.

그런데 오늘 돼지엄마에게 뜻하지 않은 일이 벌어진 것이다. 절대 게임에는 손을 대지 않는 그녀였지만 오늘은 달랐다. 초저녁에 삼십만 원을 빌린 뜨내기 고객이 슬롯머신에서 잭팟을 터뜨렸다고 원금과 이자 외에도 무려 100만 원을 보너스로 준 것인데, 크리스마스이브라서 그랬을까 아니면 카지노 귀신에게라도 홀린 것일까, 그녀는 혹시나 싶었다. 거저 생긴 돈이니 버리는 셈 치지 뭐, 그런 생각으로 손님들 뒤에서 몇 번 베팅을 한 것인데, 이게 웬일일까.

귀신의 장난인 듯, 그님이 오신 듯, 그야말로 미친 듯이 맞아떨어지는 것이니 백만 원으로 시작한 것이 수천만 원에 이르는 거금으로 불어난 것이다.

올 게 왔구나. 평생에 한두 번 올까말까 한다는 그분이 오신 거구나. 마음이 들뜬 돼지엄마는 아예 큰 판으로, 종걸이 게임을 하고 있는 테이블로 옮겨온 것이다.

*

—뭐요?

—삼춘, 내가 오늘 그님이 오셨는지 저쪽 테이블에서 저녁 내내 이겨서 일루 왔는데 자리를 양보해주면 이십 드릴게요. 이십만 원이면 초저녁 자릿값은 안 되지만 지금은 폐장이 한 시간도 안 남았으니 이만하면 넉넉하게 쳐주는 거 아녜요?

—이 아줌마가, 누굴 그지로 아나?

종걸이 짐짓 마땅찮은 듯 인상을 찡그리며 한마디 내뱉으며 앞에 놓인 장지갑을 열어 들여다보지만 이미 텅 빈 상태였다.

— 그럼 자릿값은 말고 그냥 자리 내줄 테니까 끗발 오르면 알아서 챙겨 주슈. 끝나면 해장국에 소주나 한잔 받아주든가.

— 그걸 말이라고? 어련히 알아서 안 할까?

돼지엄마가 일어서는 종걸의 어깨를 가볍게 두드리고 다시 찡긋 윙크를 하며 자리에 앉았다. 순간 종걸의 심장이 두근거렸다. 뭐지? 이 여자가 이렇게 매력적이었나?

밤을 새우고 수염도 자라서 수척한 얼굴이지만 일어선 종걸은 190센티미터의 큰 키에 헐렁한 추리닝으로도 숨길 수 없는 근육질 체격이었다. 종걸이 그녀 뒤에 서자 누가 봐도 제법 그럴싸한 보디가드였다.

정말로 그님이 오신 걸까. 자리에 앉기가 무섭게 돼지엄마는 몇 판을 계속해서 이겼다. 테이블의 모든 사람들도 그녀를 따라 베팅을 했고 연속해서 탄성이 터졌다. 그러자 주변에서 하나둘 사람들이 모여들어 덩달아 탄성을 질렀다. 그리고 지금 이 순간 돼지엄마의 테이블은 가장 뜨겁게 달아오른 바카라 테이블이었다. 돼지엄마 뒤에서 구경을 하며 덩달아 신이 난 종걸은 아예 엉뚱한 상상

독종과 별종들

을 하는 것이다. 좀 있으면 폐장이니 이 여자랑 어디 해장국집엘 가서 소주 한잔하고 그리고 어쩌면? 흐흐.

어느덧 폐장 시간이 다 되어가고 돼지엄마 앞에는 자리가 부족할 만큼 칩이 수북이 쌓여 있었다. 그때 핏 보스의 신호를 받은 딜러가 외쳤다.

— 자, 이제 마지막 세 판입니다.

— 아니 벌써?

모두들 아쉬운 탄성을 내뱉었다. 하지만 그 순간에도 돼지엄마는 승패가 표시되는 모니터에 시선을 떼지 못하고 있었다. 모니터를 뚫어져라 쳐다보며 계산을 하느라 중얼거리던 돼지엄마가 드디어 모니터에서 시선을 떼었다. 그러더니 자기 앞에 쌓인 칩의 한 움큼 덜어 뱅커 표시인 노란 스팟에 베팅을 하는 것이었다. 베팅 상한선인 500이었다. 소란했던 주위가 순식간에 조용해지고 긴장이 감돌았다.

카드를 받은 돼지엄마가 신중히 쪼아 뒤집자 10과 7이었다. 모두가 긴장해서 지켜보는 가운데 딜러가 카드를 뒤집었다. 카드는 킹과 8이었다.

— 플레이어 윈!

딜러가 카드를 보여주며 동시에 콜을 하는 순간, 돼지엄마는 물론 주변의 모든 사람들의 표정이 일시에 일그러졌다.

— 이런 씨발!

카지노의 생리를 누구보다 잘 알고 있었지만, 이곳 꽁지계의 전설로 불리는 그녀였지만, 그러니 그동안 용케 잘 피해왔던 것이겠지만, 어쩌랴 기어이 카지노라는 덫에 걸린 것이다.

돼지엄마가 상기된 얼굴로 욕설을 내뱉고는 팔짱을 끼며 의자에 기대앉는 순간 쌓인 칩 몇 개가 그녀의 팔꿈치에 걸려 밑으로 떨어졌다. 뒤에 서 있던 종걸이 얼른 의자를 빼주자 돼지엄마가 엉덩이를 빼고 허리를 굽혀 칩을 주우려 했다. 돼지엄마가 팔을 뻗어보지만 테이블 안쪽의 칩은 손이 좀체 닿지를 않았다.

그때 돼지엄마의 눈에 뭔지 모를 희미한 연기가 들어왔다. 그러고 보니 칩이 떨어져 있는 카지노 바닥 카펫에서는 정체를 알 수

없는 안개인지 연기 같은 검붉은 기운이 스멀스멀 퍼져서 일렁이
고 있었다.

— 아, 시간 다 돼가는데 이 아줌마 뭐해?

돼지엄마가 꾸물거리자 옆자리 손님이 투덜댔다. 방금 전까지만
해도 돼지엄마가 베팅할 때마다 덩달아 환호했던 모습들은 어디가
고 주위 사람들도 짜증 섞인 목소리로 한마디씩 내뱉기 시작했다.

— 이 여편네가 바닥에 꿀이라도 발라놨나?

돼지엄마가 바닥의 칩을 가까스로 움켜쥐고 일어서려는 순간이
었다. 바닥에 깔린 채 스멀거리던 붉은 연기 한줄기가 그녀의 코로
후욱 빨려 들어갔다. 순간 멈칫하나 싶던 돼지엄마의 눈자위가 순
식간에 빨개지고 고개가 옆으로 툭 꺾였다.

— 아, 도대체 뭐하는 거야? 시간 없다는데.

모두들 짜증스런 얼굴로 지켜보는 가운데 그제야 돼지엄마가 테
이블 위로 상체를 일으켜 세웠다. 그녀의 목이며 어깨가 기우뚱한
것이 어째 자세가 어색했다.

딜러는 돼지엄마가 일어선 것을 확인하고는 그녀의 칩을 가져가려고 손을 뻗었다. 손님이 보는 데서 베팅한 칩을 수거하는 것이 또한 카지노의 룰이다. 그런데 그 순간 아무도 예상치 못한 일이 벌어졌다. 돼지엄마가 갑자기 두 팔을 뻗어 칩을 수거하려던 딜러의 팔을 잡아당기더니 딜러가 피할 겨를도 없이 손을 물어뜯었다. 우두둑, 아악! 이빨이 부러지는 소리와 동시에 딜러가 비명을 질렀다. 돼지엄마가 딜러의 팔을 잡아당기자 딜러의 몸이 힘없이 테이블 위로 끌려올라왔다. 그러자 돼지엄마는 아예 딜러를 끌고 테이블 밑으로 들어가는 것이었다.

너무나 순식간에 벌어진 일이라 주변의 사람들은 그저 멍한 채 도대체 무슨 일이 벌어진 것인지 영문을 몰라 했다. 테이블 밑에서 딜러의 처절한 비명소리와 뼈를 씹는 듯한 소리가 계속되자 그제야 정신을 차린 사람들이 소리를 지르며 테이블 뒤로 물러서기 시작했다. 이 모든 것을 지켜보던 종걸도 정신이 없기는 마찬가지였다.

잠시 후 종걸이 정신을 차리고 이 사태를 파악하려고 주춤주춤 테이블로 다가갔다. 비명과 괴기한 소리가 멈추더니 테이블 밑에서는 거친 숨소리만 들렸다. 종걸이 허리를 굽혀 테이블 밑을 조심스

레 들여다보려는 그 순간, 피로 흥건한 돼지엄마의 손이 불쑥 튀어
나왔다. 그녀의 손에는 손목째 잘린 딜러의 손이 들려 있었다. 돼
지엄마가 몸을 일으켜 모습을 드러내자 딜러가 쥐고 있던 칩까지
씹은 탓에 이빨이 부러진 입과 온몸에 피가 낭자했다.

　— 으악, 이, 이거 뭐야? 이거 미친년 아냐?

이빨이 부러져나가는 것도 아랑곳없이 딜러의 잘린 손을 씹던
돼지엄마가 종걸을 향해 한 팔을 쭉 뻗었다. 놀란 종걸이 의자 등
받이를 한 손으로 짚고 그녀의 이마를 정통으로 걷어찼다. 뒤쪽 테
이블 모서리에 뒤통수가 부딪혀 깨진 돼지엄마는 사지를 부들부
들 떨었지만 더 이상 일어나지는 못했다.

　— 워킹데드야 뭐야? 이거 실화야? 세상에 진짜 좀비가 나오다
니. 이거 실화 맞나?

놀란 종걸이 테이블에 펄쩍 뛰어올라 사방을 둘러보니 카지노
안의 모든 슬롯머신과 테이블에서 이와 비슷한 사태가 벌어지고
있었다. 밤새워 게임을 하느라 초췌해지긴 했지만 분명히 방금까
지도 멀쩡했던 사람들이 하나둘 좀비로 변해 악취를 풍기며 옆 사
람들을 물어뜯기 시작한 것이었다. 삽시간에 카지노는 아비규환의

아수라장이 되었다. 피 냄새와 악취가 뒤섞인 카지노는 낙원이 아니라 차라리 아귀지옥을 방불케 했다.

*

그 시각, 2층 보안과 사무실. 보안 요원 덕호는 여느 날처럼 후배 운영에게 아재 개그를 들려주며 시시덕거리고 운영은 예의 맞장구를 쳐주며 억지웃음을 짓고 있었다. 그러다 운영이 뭔가 이상하다는 듯 모니터를 뚫어지게 보는 것이었다.

— 선배, 선배. 저거 뭐야? 저거 좀 봐?

— 무슨 바? 아이스 바 조스바? 어, 가만, 저게 무슨 시추에이션 이지? 지금 영화 찍는 건 아닐 텐데. 근데 운영아, 저놈들 꼭 좀비 같지 않아?

— 선배는 이 상황에서도 농담이 나와요?

운영이 급하게 보안과장에게 무전을 넣었다. 무전을 받자마자 달려온 보안과장은 이미 이 사태를 어느 정도 파악한 듯했다. 모든 모니터를 일일이 확인한 보안과장은 다급히 무전기를 들었다.

— 비상 상황! 2급 비상 상황! 보안과 직원은 모두 1층 카지노로 진입하라. 가스총과 전기 충격기를 확인할 것.

무전을 받은 보안 요원들이 카지노로 모이기 시작했다. 보안과장은 사무실에 있던 직원들에게도 지시를 내렸다.

— 나는 여기서 전체 상황을 살펴가며 지휘할 테니까 임덕호와 이운명만 남고 나머지는 전부 현장으로 내려가라. 어서!

직원들이 출동하자 보안과장이 다급하게 비상전화를 연결했다.

— 코드 Z 발생. 모니터의 영상은 국가안보상황실로 바로 연결하고 상황 제어를 위한 모든 조치 요망. 이상.

— 근데 대식이 형, 이거 실제 상황 맞아? 그리고 코드 Z라니 좆됐다 뭐 그런 건가?

— 덕호, 너. 회사에서는 그렇게 부르지 말라고 했지. 과장님한테 대식이 형이 뭐야 임마. 그리고 지금 농담할 때가 아니야. 정신 바짝 차려. 알았어? 운영이 너도.

폐장을 불과 한 시간 앞두었던 낙원 카지노는 더 이상 낙원도 카지노도 아니었다. 좀비들에게 물려 쓰러진 사람들, 좀비를 피해 테이블 밑으로 숨은 사람들, 아직도 뭐가 뭔지 몰라 허둥대는 사람들, 비틀거리면서 사람들을 쫓고 있는 좀비들, 그 와중에도 바닥에 널브러진 칩들을 줍고 뺏고 하는 사람들, 슬롯머신을 발로 부수고 있는 사람들, 그야말로 아비지옥에서나 볼 수 있는 아비규환이 따로 없었다.

보안과장의 무전을 받고 카지노로 진입한 삼십여 명의 보안과 직원들은 평소 교육받은 대로 진상 고객 대처 요령에 따라 2인 1조로 흩어져서 사태를 진압하기로 했다. 난동을 부리는 진상 고객 대처 요령은 사실 간단하다. 가급적 가스총과 전기 충격기를 직접 사용하지 말 것. 한 명이 가스총으로 위협하고 그 사이 다른 한 명이 고객의 목을 뒤에서 감아 제압하든가 아니면 팔을 뒤로 꺾어 제압한 후 카지노 밖으로 내보낼 것. 문제는 지금 눈앞에 보이는 진상 고객들은 사람이 아니라 좀비라는 것이다. 그 요령에 따르다 보니 좀비에게 접근해 목을 감거나 팔을 꺾으려다가 오히려 좀비들에게 물려 상황은 점점 더 심각해졌다. 더 큰 문제는 가스총과 전기 충격기도 소용이 없다는 것이다.

2층 사무실에 보안과장과 함께 남아 있던 덕호와 운영도 결국 뒤늦게 현장에 투입된 것인데, 한눈에 봐도 사태가 심각했다. 게다가 보안 요원들마저 맥없이 당하고 있는 것이 아닌가.

— 운영아, 이럴 게 아니라 우리는 메인 홀보다 개별 룸을 살펴보자.

개별 룸들도 이미 아비규환이긴 마찬가지였다. 구석으로 몰려 좀비와 엉겨 붙은 사람들, 살려달라는 비명소리, 바닥에 쓰러진 사람들, 피로 물든 게임 테이블, 덕호도 운영도 평생 처음 보는 차마 눈뜨고 보기 어려운 살풍경이었다. 그 와중에 덕호와 운영이 들어가려는 룸은 뭔가 좀 이상했다. 룸에 들어가려다가 덕호가 발을 멈추고는 운영에게도 잠깐 서라는 손짓을 했다. 두 사람은 양쪽 문 옆에 붙어 서서 룸 안을 살폈다.

— 뭔가 좀 이상한데?

— 뭐가요? 저, 저 놈들 좀비잖아요.

─ 그게 아니라 잘 봐봐.

그러고 보니 소파에는 술에 취한 듯 널브러진 채 중년 사내가 잠들어 있고, 좀비들이 그에게 덤벼드는가 싶더니 웬일인지 비척비척 뒤로 물러서는 것이었다. 좀비들이 룸을 다 빠져나간 것을 확인한 후 룸으로 들어간 두 사람은 중년 사내를 살폈다. 다행히 좀비들이 물어뜯은 흔적은 어디에도 없었다.

─ 봤지. 분명히 놈들이 몰려들었는데 아무데도 물지 않았어.

─ 그러게요. 희한하네요. 잠든 사람은 물지 않는 건가?

─ 모르지. 암튼 뭔가 있긴 있는데….

하지만 당장은 이 자리를 피하는 게 급선무였다. 운영이 사내를 깨우려 상체를 흔들다가 갑자기 코를 막으며 인상을 찌푸렸다.

─ 어휴, 술 냄새. 이 사람 도대체 얼마나 퍼마신 거야?

그 순간, 덕호가 느닷없이 운영을 껴안는 것이었다.

— 선배, 왜 이래요? 미쳤나 봐. 지금 어떤 상황인지 몰라요?

— 모르겠어? 운영이 너, 지금 술 냄새라고 했지?

그러더니 사내에게 다가가 코를 들이대는 것이었다.

— 이거였어! 바로 술 냄새라고! 알콜 말이야. 저것들이 술을 싫어하는 게 분명해. 과장님께 무전 쳐서 지하 면세점부터 각 식당과 바, 스카이라운지, 객실 미니바의 술 그리고 의무실 알콜까지 최대한 수거하라고 해! 아, 주방에도 요리에 쓰는 술들 있지? 어서, 빨리!

잠시 후 스피커로 이 소식이 알려졌다.

"전 직원들과 고객들에게 알립니다. 가까운 곳에 술과 알콜을 찾아 몸에 뿌리십시오. 저것들의 정체는 정확히 모르겠으나 술 냄새, 알콜 냄새를 싫어합니다. 주변에서 술이나 알콜을 찾아 몸에 뿌리고 직원들의 지시에 따라 대피하시기 바랍니다. 아직 객실에 계신 고객 분들은 미니바에 있는 술을 뿌리고 속히 대피하시기 바랍니다."

방송을 듣자 사람들은 너나할 것 없이 술병을 찾아 머리에 술을 붓기 시작했다. 덕호와 운영도 사람들을 대피시키기 위해서는 술 냄새로 먼저 자신들의 몸을 보호하는 게 급선무였다. 마침 사내가 마시던 양주가 몇 병 눈에 띄었다. 원래 술을 마시지 못 하는 운영이었지만 도리가 없었다. 양주병을 들어서는 머리에 콸콸 쏟아부었다. 그런데 덕호는 머리에 부으려다 말고 양주병의 라벨을 살펴보더니 고개를 갸우뚱하며 망설이는 것이었다.

—뭐 해요? 어서 머리에 붓지 않고?

—이거 내 돈 주고는 절대 마실 수 없는 거잖아. 이게 웬 떡이야.

그 와중에도 덕호는 입맛을 다시며 꿀꺽꿀꺽 양주를 들이켜는 것이었다. 보안과 최고의 주당은 뭐가 달라도 달랐다.

—앗, 선배 뒤에!

어느새 덕호의 등 뒤로 좀비 하나가 다가온 것이었다. 운영의 비명소리에 바로 돌아선 덕호가 입을 벌리더니 후욱, 입김을 내뿜었다. 좀비가 주춤하자 바로 옆차기를 날려 쓰러뜨리고는 운영을 보며 씨익 웃는 것이었다.

독종과 별종들

— 봤냐? 아깝게 양주를 왜 옷에 뿌려. 배에다 채우는 게 낫지. 술로 배를 채우면 내가 바로 무기 아니겠어? 인간 알콜 방사기 말이야. 흐흐.

*

2층 VIP룸 별실. 도떼기시장같이 어수선하고 온갖 부류의 사람들로 북적대는 1층과 달리 테이블마다 간격이 넓고 분위기도 차분하다. 게임을 즐기는 사람들의 복장도 하나같이 고급스러워 마치 영화에서 보는 유럽의 고급 사교장을 방불케 한다. 흡연실이 따로 있는 아래층과 달리 여기는 흡연자들을 위한 테이블과 금연 테이블이 별도로 구분되어 있다.

아직 1층에서 벌어지고 있는 소란을 모르고 있는 듯했다. 테이블마다 상당한 액수의 칩을 쌓아놓고 잔뜩 긴장한 표정으로 카드를 쪼고 있지만 큰 소리를 내거나 욕설을 하는 이들은 찾아보기 힘들었다.

그중에 오로지 이 방에서만 제공되는 사이드 테이블에 양주세트를 주문해놓고 안주 접시에는 손도 안 대고 온더록스 잔을 계속 비워가며 게임에 열중하고 있는 중년의 사내가 유난히 눈에 띄었다. 사내의 양복은 다른 사람들과 달리 구깃구깃했고 머리를 얼마나 쥐어짰는지 산발이 된 머리칼은 사방 삐죽삐죽 솟았고 눈은 벌겋게 충혈되어 있어 어쩐지 이 방에 어울릴 것 같지 않은 존재로 보였다. 보기에는 그렇지만 사실 그는 가까운 지방의 치과의사로 단골고객 중 하나였다. 다만 오늘은 초저녁부터 계속 잃기만 했을 뿐이었다. 칩이 줄어들수록 그의 머리카락은 점점 더 삐죽삐죽 솟았다. 그나마 다행인 건 폐장을 한 시간 앞두고부터 끗발이 나기 시작했다는 것 그리고 어느새 잃었던 칩도 거의 복구가 되었다는 것이다.

테이블 뒤로 검은색 정장을 입은 젊은 사내가 서 있었다. 호리호리한 몸매에 날카로운 눈빛의 사내는 테이블에서 멀찌감치 떨어져 벽에 기대어 선 채 원장의 이런 모습을 벌써 몇 시간째 지켜보고 있었다. 얼핏 보아서는 홀 여기저기 적당한 간격을 두고 서 있는 같은 복장의 보안담당 직원인 듯싶지만 왼쪽 귀에서 반짝이는 백금 귀걸이가 복장 규칙이 엄격한 이곳 보안과 직원이 아님을 알려주고 있었다. 그는 치과원장에게 돈을 빌려준 모 조직의 수금책 유기택이다.

기택은 젊은 나이에 비해 워낙 수완이 좋았다. VIP 손님들의 까

독종과 별종들

탈스러운 요구도 웬만한 건 다 들어주었고 영 아니다 싶을 때는 적당히 눙쳐버리기도 하는 것이 이 바닥에서 잔뼈가 굵은 게 확실했다. 그는 이곳 VIP 손님들을 담당하는 수금책이기도 했지만, 신용이 좋은 고객을 유인해 조직에서 별도로 관계를 맺고 있는 마카오와 필리핀 카지노의 정켓방으로 보내는 나까마 임무도 맡고 있었다.

— 예 형님, 오늘은 수금이 될 거 같습니다.

전화기에 대고 간단하게 보고를 마친 기택이 원장에게 다가가 귓속말을 건넸다.

— 원장님, 오늘은 여기까지 하시죠. 이만하면 많이 복구하신 것 같은데요.

원장이 얼굴을 찌푸리며 고개를 저었다.

— 왜 이래 이거? 이제야 겨우 끗발이 오르고 있는 판에.

— 그럼 일단 원금만이라도 덜어주시죠. 시간도 다 돼가는데요.

— 어허, 그러니까 조금만 두고 봐. 모처럼 끗발 나는데 김새게 진짜 왜 이래? 내가 언제 돈 안 갚은 적 있어?

기택이 얼마 안 남은 양주병을 힐끗 보고는 고개를 절레절레 흔들며 뒷걸음으로 자신이 있던 자리로 돌아가서는 팔짱을 끼고 벽에 다시 기대섰다. 표정이 어째 좋아 보이지 않았다.

신중히 남은 칩을 세어보던 원장이 한 무더기를 들어서는 베팅을 했다. 카드가 돌아가고 딜러가 카드를 뒤집었다. 뒤집으니 이번에도 다행히 원장의 승이었다. 원장이 흥분해서 뭐라 뭐라 소리를 지르자 옆의 손님이 코를 막으며 진저리를 치는 것이었다.

쓰벌, 저 양반 이제 원금도 다 회복한 것 같은데 시간도 다 되었고… 정말로 여기서 끊어줘야겠네. 원장의 모습을 지켜보던 기택이 혼잣말을 하고는 마음을 굳힌 듯 원장에게 다시 다가갔다. 원장은 테이블에 잔뜩 쌓인 칩을 세고 있는 중이었다. 기택이 다가가서 원장의 어깨를 살짝 두드리자 마침 원장이 팔을 쳐들고는 한숨을 쉬려는 듯 입을 쩌억 벌린 채로 벌떡 일어나는 것이었다.

— 아, 끝내셨군요. 저도 그 말씀을 드리려고….

원장이 알아서 게임을 끝냈구나 생각하며 기택이 눈대중으로 테이블 위에 쌓인 칩의 액수를 계산하려는 순간이었다. 기지개를 켜는 줄 알았던 원장이 갑자기 기택의 양어깨를 잡는 것이었다. 원장이 초점이 사라진 시뻘건 눈을 치켜뜨고 기택의 얼굴을 물어뜯으려는 듯 입을 벌리자 악취가 훅하고 끼쳐왔다.

— 뭐야? 이거.

놀란 기택이 재빨리 고개를 숙이며 원장의 얼굴을 박치기로 들이받았다. 우적, 하며 코뼈 부러지는 소리가 들렸다. 하지만 기택의 필살 박치기에 코피를 철철 흘리면서도 끄떡도 않고 원장은 여전히 기택의 양어깨를 잡은 채 놓지 않았다. 그런데 기택의 박치기에 코뼈만 나간 게 아니라 목뼈도 삐끗했는지 묘한 각도로 기울어진 머리가 좌우로 흔들거렸다. 기괴한 모습이 아닐 수 없었다. 원장의 양 손목을 잡은 기택이 다급히 소리쳤다.

— 보안! 보안들 어딨어?

기택이 주위를 둘러보니 다른 테이블에서도 비슷한 풍경이 벌어지고 있었다. 뭐야 다들 미친 거야? 이것들 정체가 뭐지? 실랑이 끝에 결국 자세를 한껏 낮춰 원장의 다리를 걸어 넘어뜨리고 가까스로 VIP룸을 벗어난 기택이 마구잡이로 달려드는 좀비들을 잽싼 몸놀림으로 피해가며 복도로 달려 나갔다.

*

호텔 로비도 아비규환이기는 마찬가지였다. 피로 흥건한 바닥. 비명소리. 엘리베이터에서 쏟아져 나오는 사람들. 계단에서 내려오고 있는 사람들. 카지노에서 나온 사람들. 그들을 비틀비틀 쫓고 있는 좀비들. 미처 빠져나가지 못해 현관에 끼어버린 채 오도 가도 못하는 사람들. 결국 작동이 멈춘 회전문에 갇힌 사람들. 마치 전쟁터를 방불케 했다.

다행히 호텔을 빠져나온 무리 중에는 종걸도 있었다. 막상 호텔 밖으로 나오니 영하의 날씨에 칼바람이 불었고 초저녁부터 간간이 내리던 싸락눈은 어느새 큼지막한 함박눈으로 내리고 있었다. 캄캄한 새벽이었지만 세상이 온통 눈밭으로 바뀌고 있었다. 아직까지 자동차가 다닐 정도는 되었지만 눈이 저리 쏟아진다면 언제 길이 마비될지 알 수 없었다.

한 무리의 사람들이 종걸을 스치며 눈밭을 헤치며 달아나던 순간이었다. 무리들 뒤를 쫓아오던 좀비들의 모습이 종걸의 눈에 들어온 것이었다.

— 잠깐만, 모두들 서봐요. 서라니깐. 도망 안 가도 돼요. 저것들 좀 봐요. 움직이지 못하고 픽픽 쓰러지잖아. 저것들이 아무래도 추위에는 젬병인가 봅니다.

그랬다. 사람들을 쫓아 나온 좀비들은 현관문을 나서면서부터 동작이 둔해지더니 어느 순간부터 뻣뻣해지다가 급기야는 얼어붙은 듯이 멈추어서는 앞으로, 뒤로 맥없이 쓰러지는 것이었다.

앞서 도망치던 사람들이 발걸음을 돌려 종걸의 곁으로 모여들었다. 종걸은 조심스럽게 쓰러진 좀비들에게 다가가 한 놈 한 놈 발로 건드려보았다. 죽은 것인지는 모르겠지만 확실히 나무토막처럼 꼼짝도 하지 않았다. 이놈들이 추위를 못 견디는 게 확실했다. 종걸이 모여든 사람들을 보며 말했다.

— 이놈들 추위에 약한 게 분명합니다. 그러니 바깥은 안전하단 얘깁니다. 이러고 있을 게 아니라 안에 남아 있는 사람들한테 연락해서 실내 온도를 내리라고 알려줍시다.

사람들은 저마다 전화기를 꺼내들고 미처 빠져나오지 못한 지인들에게 전화를 걸기 시작했다. 사람들이 전화를 거는 동안 종걸은 112에 신고를 했다. 사태의 심각성을 열심히 설명해주었지만, 이미 카지노 측의 신고를 받았고 경찰 병력이 지금 가고 있으니 안심하라는 답변만 되풀이했다.

아, 이게 경찰로 막을 일이 아닌데. 아무래도 군이 출동해야 할 것 같은데. 이대로 그냥 있을 수는 없지 않은가. 종걸은 잠시 생각하다가 1337에 전화를 걸었다.

— 방첩! 국군 기무사령부 상황실입니다.

— 수고하십니다. 여기 낙원랜드에 좀비가….

— 네? 낙원이요?

— 아니요. 좀비가….

— 선생님 성함이 좀… 뭐라고요?

— 아, 그게 아니고 지금 낙원랜드에 좀비가 나타났다고요.

독종과 별종들

— 선생님, 나이도 지긋하신 것 같은데 여기는 장난전화 거는 데
가 아닙니다. 국가 안보에 지장을 초래하는 행위는 엄한 처벌을 받
을 수 있습니다. 그리고 좀비라고 했나요? 좀비 신고는 으음, 그러
니까 경찰이나 119로 하세요. 끊습니다.

이런 씨바. 하기야 본인이 생각해도 너무 얼토당토않은 얘기였
다. 결국 경찰 병력을 기다리는 수밖에 없는 걸까. 그러다 주변이
갑자기 조용해져서 종걸이 주위를 둘러보니 전화를 끝낸 사람들
이 마치 다음 지시를 기다리고 있다는 듯 자기를 빤히 쳐다보고
있는 것이었다. 잠시 머뭇하던 종걸이 입을 열었다.

— 으음, 여기 차 가져온 사람들 있죠? 손 좀 들어보세요.

— 왜요? 차는 뭐하게요?

초로의 대머리 사내가 의아하다는 표정을 지으며 종걸에게 묻
자 다들 맞장구를 치기 시작했다.

— 차로 뭘 어쩌려고요?

— 아, 맞다. 이러고 있을 게 아니라 주차장으로 가면 되겠네. 날

도 너무 춥고.

— 그래요. 이럴 게 아니라 다들 주차장으로 갑시다. 어차피 지금 숨을 곳은 거기밖에 없을 것 같은데.

사람들은 차를 가져왔냐는 종걸의 질문에 대답 대신 주차장으로 가자며 웅성거리는 것이었다. 종걸이 팔을 휘휘 저으며 사람들을 진정시켰다.

— 잠깐만요. 진정하고 내 말을 좀 들어보세요. 여러분이 지금 저 안에 갇혀 있다고 생각해보세요. 여러분 가족 중 누군가 아직 남아 있다면요?

— 그래서요? 어쩌자고요? 우리가 무얼 할 수 있는데요?

— 지금 보셨잖아요. 이놈들이 추위에 약한 거. 찬바람에 저렇게 비실거리는 거 봤잖아요. 일단 차를 몰고 가서 현관문을 부수고 안으로 들어가는 겁니다. 우리가 구할 수 있는 데까지는 한 명이라도 더 구해봐야지 않겠습니까?

— 기껏 도망 나왔는데. 저길 어떻게 다시 들어갑니까?

— 강요하지는 않겠습니다. 정히 다들 못 가겠다면 저라도 들어가겠습니다. 그러니 알아서들 하세요.

그때 무리 중에서 한 남자가 손을 들었다. 어느새 빠져나왔는지 검은색 정장에 조끼까지 빼입은 유기택이었다.

— 좋수다. 한번 해봅시다. 싸나이 유기택 한 번 죽지 두 번 죽나. 씨발 갑시다.

더 이상 나서는 사람이 없다고 생각하던 그 순간, 한 여자가 손을 들고 나서는 것이었다. 짝 달라붙는 패딩 조끼에 기모 레깅스를 입은 날씬한 여자였다.

— 까짓것. 나도 가지요.

종걸은 여자는 안 된다며 그냥 다른 사람들하고 같이 차에 있으라고 만류했지만 여자는 한술 더 떴다.

— 아니, 여자라고 차에 있으라니? 지금 이 상황에서도 지긋지긋한 성차별이에요? 어이가 없네.

— 그렇다면야, 할 수 없지요. 더 없습니까? 그럼 최대한 빨리 차를 갖고 여기로 모입시다.

그게 다였다. 더 이상 지원자는 없었다. 다들 주차장에 몸을 숨겼고, 차를 가지고 온 것은 세 사람뿐이었다. 제일 먼저 종걸이 자신의 애마인 구형 지프를 끌고 나왔고, 그 다음 기택이 최근에 뽑은 벤츠를 몰고 왔다. 그리고 잠시 후 여자가 몰고 온 것은 비엠더블유였다. 개나 소나 다 벤츠고 개나 소나 다 비엠더블유라니까. 종걸이 두 사람의 차를 보며 혼잣말로 중얼거렸다.

— 끝나고 술이라도 한잔하려면 우리 서로 이름이나 알고 갑시다. 나는 조종걸이오.

좋죠. 저는 유기택입니다.

— 저는 연희라고 불러주세요. 늙은 종걸이 오빠 그리고 젊은 기택이 오빠. 하하.

— 싱겁기는. 좋아요. 그럼 내가 앞장설 테니 두 사람은 뒤를 따라와요. 내가 현관을 치고 들어가면 두 사람은 현관 앞에 후면 주

차로 대놓고 기다리는 거요.

자, 돌격! 누가 먼저랄 것도 없이 세 대의 자동차가 일렬횡대로 현관을 향해 위잉, 돌진하기 시작했다.

우르르 쾅쾅, 현관 유리문이 요란한 소리와 함께 부서지고 종걸의 지프가 로비로 들이닥쳤다. 잠시 후 좀비 떼들이 몰려들기 시작했다. 후진과 전진을 반복하는 종걸의 지프에 받히면서도 좀처럼 물러서지 않던 좀비들이 밀려들어오는 찬바람에 비틀거리더니 하나둘씩 쓰러지고 더 이상 다가오지 못했다.

종걸이 차창을 열어 상체를 내밀고는 사람들에게 소리쳤다.

— 아직 멀쩡한 사람들은 어서 이리로 오세요. 이것들은 지금 얼어붙어서 아무 짓도 못해요! 어서요. 시간 없으니까 어서!

구석구석 숨어 있거나 죽은 척했던 이들이 슬금슬금 일어나 조심스럽게 다가왔다. 차에서 내린 종걸이 우왕좌왕 하는 사람들을 안내해서 연희와 기택의 차에 태웠다. 지프로 돌아온 종걸이 후진하려는 순간 젊은 여자가 허겁지겁 다가오는데 자세히 보니 좀비하나가 여자의 발목을 두 손으로 잡은 채 끌려오고 있었다. 종걸이 황급히 몸을 돌려 뒷좌석에서 무언가를 꺼냈다. 종걸이 헝겊 주머니를 벗기자 시퍼렇게 날이 선 장검이 번쩍거렸다.

차에서 내린 종걸이 여자에게 재빠르게 다가가서 칼을 내리쳤다. 좀비의 양팔을 끊어내자 여자가 앞으로 고꾸라지는 것이었다. 칼을 버리고 종걸이 다급하게 여자를 들어 안으려는데 갑자기 퍽! 소리와 함께 피가 튀었다. 팔이 잘린 채로 좀비가 종걸의 뒤를 덮치려 하는 순간 연희가 몽키를 휘두른 것이었다. 한 손에는 피 묻은 몽키를 들고 한 발로는 쓰러진 좀비의 머리를 밟은 채 연희가 씨익 웃으며 종걸에게 한마디 던졌다.

— 일 대 빵!

— 허어, 신세 한 번 크게 졌네요.

종걸이 정신을 잃은 여자를 안고 연희의 차로 가자 어느새 기택이 와 있었다. 기택은 종걸이 여자를 뒷좌석에 앉히는 것을 도와주며 종걸에게 귓속말로 잠시만 기다리라고 했다. 그리고 자신의 차로 돌아간 기택은 트렁크를 열어 무언가를 찾는 듯했다.

잠시 후 몸에 딱 맞는 검은 가죽점퍼에 가죽장갑 그리고 방한모까지 찾아 쓴 기택이 야구방망이를 꺼내 들고 트렁크를 닫더니 조수석 차창을 두드리며 열라는 손짓을 했다.

— 운전할 사람 있죠? 나 대신 누가 운전대를 잡아주세요. 폭설이라 언제 길이 끊길지 모릅니다. 빨리 내려가세요. 난 여기 할 일이 남아서 그런 거니까 상관하지 마시고 어여들 가세요.

자신의 벤츠가 출발하는 것을 확인한 기택이 종걸의 지프로 와 옆자리에 올라탔다.

— 뭐야, 이 시국에? 저 사람들 그냥 보내면 자네 차는 어쩌고?

— 형님, 일단 후진부터 하시죠. 일단 여기를 좀 벗어나서 저 밑에 스키장 입구까지만 갑시다. 꼭 할 얘기가 있으니.

— 그것참! 그래. 뭔 중요한 사연이 있는 거지?

잠시 후 두 사람이 호텔을 빠져나와 스키장 입구 근처에 차를 세우자 어떻게 알았는지 어느새 연희의 차도 뒤따라와 서는 것이었다. 차에서 내린 연희가 조수석을 두드렸다.

— 둘이 지금 무슨 작당을 하는 거예요. 이 마당에?

두 사람이 뭐라 대답도 하기 전에 연희는 벌써 문을 열고 뒷좌석에 앉으며 부르르 몸을 떨었다.

잠시 머뭇하던 기택이 입을 열었다.

— 좋수다. 기왕 이리된 마당에 무얼 숨기겠소. 실은 내가 동대문 까불이파 행동대장이유.

— 아하, 그래서 차에 연장들이?

종걸의 말에 연희가 앞좌석으로 고개를 빼고 기택의 허리춤에 꽂힌 도끼와 회칼을 보고 고개를 주억거렸다.

— 그래서요?

종걸은 말이 없는데 오히려 연희가 더 궁금한 듯했다.

— 실은 우리 말고도 여러 식구가 여기서 꽁짓돈을 돌리는데, 그게 단위가 커요. 아마 각 조직마다 현금으로 이삼십억씩은 될 겁니

다. 제가 그치들 방을 다 알거든요.

말을 마친 기택이 앞만 보고 있는 종걸을 뚫어져라 쳐다봤다.

— 아항, 그러니까 그걸 가지러 가자 이거예요? 미쳤어 정말.

연희가 기택을 쏘아붙이자 잠시 생각에 잠겼던 종걸이 입을 열었다.

— 아니, 미친 건 이 세상이지. 어때? 연희 씨, 나는 구미가 댕기는데. 어차피 쪽박 난 신센데 여기서 살아 나가봐야 노숙자밖에 더 되겠어? 저것들이 찬바람 맞고 빌빌대는 거 보니까 아주 불가능한 건 아니겠어. 게다가 아까 보니까 이것들이 시간이 지나니까 눈에 띄게 몸이 뻣뻣해지더라고. 팔도 못 구부리고 걸음도 뼈쩡다리처럼 질질 끄는 거야. 계단 앞에서는 그냥 엎어지든지 굴러떨어지더라고. 그러니 위험하다 싶으면 테이블이나 창턱 같은, 아무튼 아무 데나 높은 곳으로 피해가면서 이동하면 가능성이 있을 거 같은데?

연희가 대답이 없자 종걸이 백미러로 연희를 보며 다시 말을 이었다.

—아니다. 어쨌든 우린 들어갈 거니까 연희 씨는 빠져도 돼.

잠시 생각하던 연희가 결정을 내린 듯했다.

—좋아요. 같이 가요. 잠깐만 기다려봐요. 저분들한테 얘기 좀 하고 올 테니.

연희가 지프에서 내려 자기 차로 가는 순간 연희의 차가 급히 출발해버리는 것이었다.

—저런 염병할 연놈들. 기껏 구해줬더니! 에라 가다 차나 뒤집어져라!

달아나는 차 뒤에 욕설을 퍼붓던 연희가 뒷문을 열고 털썩 올라탔다.

—봤죠? 어차피 오빠들과 같이할 팔자였나 보네요. 하하. 기택이 오빠, 연장 아무거나 줘봐요.

기택이 날렵하게 생긴 회칼을 뽑아 건네자 연희가 스카프를 풀어 손잡이 윗부분에 감더니, 획획 이리저리 마구 휘두르는 것이었

독종과 별종들

다. 기택이 뒷주머니에서 가죽장갑 한 켤레를 꺼내 종걸에게 건네다 말고 어처구니없다는 듯 한마디했다.

— 얼씨구? 저건 또 뭐야? 이거 완전 드라마네. 넷플렉스는 여기 와서 이런 거 안 찍고 뭐한대?

종걸도 연희를 보고 웃으면서 한마디 거들었다.

— 와우, 백핸드, 포핸드, 서비스, 스매싱까지? 연희 씨가 테니스 깨나 친 모양인데? 칼을 라켓처럼 자유자재로 휘두르잖아. 저거 먹히겠는데 뭐. 하하.

*

낙원랜드 1층 카지노 안에서는 술을 흠뻑 적신 채 보안과 직원들이 여전히 좀비들과 대치 중이었다. 하지만 보안과 직원들이 가지고 있는 무기라고 해야 가스총과 전기 충격기뿐이고 몇몇 직원들은 소화기를 가져오기도 했지만, 그것으로 좀비들을 몰아내는 것은 역부족이었다. 지금은 술의 힘을 빌려 그럭저럭 대치하고 있긴 하지만 언제까지 버틸 수 있을지 모르는 상황이었다.

좀비들이 추위에 약하다는 소식을 듣고 중앙난방 장치도 껐지만 외부로 통하는 창문이 없는 카지노의 구조적 특성상 좀체 실내 온도가 떨어지질 않았다.

좀비들은 뒤로 물러서는 법을 모르는지 달려들다가 멈추기만 할 뿐이니 대치 간격도 점점 좁아지고 있는데, 직원들은 대피로를 확보할 묘수를 찾지 못하고 있었다. 다행히 아직까지는 진동하는 술 냄새 때문인지 더 이상의 접근을 못 하고 있지만 그렇다고 언제까지 이렇게 대치만 하고 있을 수는 없는 노릇이었다.

그때였다. 제일 앞에서 대치하고 있던 덕호에게 좀비 하나가 달려들었다. 헉, 덕호가 재빨리 들고 있던 소화기로 좀비의 얼굴을 뭉개며 쓰러뜨렸다.

— 어, 이 새끼 봐라. 이젠 술 냄새도 괜찮다는 건가? 과장님, 보셨죠?

어느새 최대식 보안과장도 직원들과 합류해 있었다. 시간이 지나 알콜 성분이 증발한 탓인지 아니면 저들이 알콜에 적응한 것인지 당장은 알 수 없지만 아무래도 뭔가 불안했다.

― 이운영, 병력은 뭐 하는 거야? 왜 아직까지 안 오고 있는 거야?

과장이 애꿎은 운영을 다그쳤다.

― 그게, 악천후라 헬기 이송이 안 되어 시간이 걸린답니다.

그러고 보니, 바깥은 싸락눈이 눈보라로 바뀌어 있었다.

― 과장님, 국가안보실 전화입니다.

전화를 받는 대식의 표정이 점점 심각해졌다.

"지금 전국적인 비상 상황이라 병력 지원이 불가하다. 한 시간 후에는 미사일이 발사될 테니 그 전에 대피하기 바란다. 반복한다. 지원은 없다. 상황이 정리되지 않으면 07시 정각에 유도탄이 발사되니 반경 2킬로미터 밖으로 대피하기 바란다. 행운을 빈다. 이상."

이런 씨발. 화를 내며 전화를 끊은 대식은 잠시 생각에 잠긴 듯했다. 이를 지켜보는 직원들의 표정에도 긴장감이 역력했다. 잠시 후 대식이 직원들을 불러 모았다.

— 지원 병력은 없다. 한 시간 후면 이곳에 미사일이 날아올 것
이다. 우리 스스로 이 상황을 타개할 수밖에 없다. 객실에도 아직
남아 있는 사람들도 있을 테니 덕호와 운영은 2층 상황실로 가서
지금 당장 호텔을 벗어나라고 한 시간 후에 미사일 공격이 있을 거
라고 방송으로 이 상황을 알려라. 자네들 셋은 나와 함께 저놈들
을 막고 나머지는 각자 2인 1조로 흩어져서 전 매장의 가스밸브를
열 수 있는 건 모두 열어라. 이것들을 그냥 두고 갈 수는 없다. 자,
실시! 한 사람도 빠짐없이 살아서 만나자. 알겠나?

*

덕호와 운영이 2층으로 올라가려는데 현금보관소 앞에 사람들
이 떼로 몰려 있는 게 눈에 띄었다. 문을 열라며 철문을 마구 두드
리던 사람들이 뜻대로 되지 않자 어디서 구했는지 탈출용 망치로
손잡이를 부수려 하고 유리창을 부수려 소화기도 던져보지만 강
철문과 강화유리로 되어 있으니 결코 쉽지 않다. 하지만 흥분한 사
람들은 결코 포기할 것 같지 않았다. 유리창 안으로는 어쩔 줄 몰
라 하며 부들부들 떨고 있는 여직원들이 보였다.

— 선배, 저거 좀 봐요? 아무래도 저 사람들 현금을 탈취하려고 저러는 것 같지 않아요?

— 그러게. 미친 년놈들이지. 이 판국에 돈을 훔치겠다고 저 지랄들이니. 저것들이야말로 좀비다. 아니 좀비보다 더한 놈들이네.

— 우리가 가서 직원들을 구해줘야 하는 거 아니에요?

— 안 돼. 봐 이미 늦었어. 좀비들이 몰려오고 있잖아. 일단 방송부터 먼저 하자. 그게 지금 제일 시급한 일이야. 여기는 그 다음에 생각해보자. 저 사람들도 좀비들도 안으로 들어갈 수는 없을 테니까.

그 사이 좀비들이 벌써 몰려와 사람들을 물어뜯기 시작했다. 유리창으로 사람들의 피가 튀었다. 유리창 안에서 꼼짝없이 이 모습을 지켜보던 여직원 중 하나가 그만 기절을 했다.

— 운영아, 뭐해 그만 가자니까?

— 선배, 직원 하나가 지금 기절한 것 같아요.

— 알았으니까 일단 방송부터 하고 생각하자.

다행히 2층 보안과 사무실에는 좀비들이 없었다. 운영이 바깥 상황을 살피는 사이 덕호가 방송을 시작했다.

"고객 여러분께 알립니다. 지금 당장 호텔 밖으로 피신하시기 바랍니다. 한 시간 후에 호텔은 폭파됩니다. 다시 한 번 알립니다. 한 사람도 남김없이 지금 당장 호텔 밖으로 피신하시기 바랍니다. 한 시간 후에 호텔에 미사일 폭격이 시작될 예정입니다. 지금으로서는 누구도 여러분을 도와줄 수가 없습니다. 각자 최선을 다해 호텔을 빠져나가기 바랍니다. 미안합니다. 정말 미안합니다…"

방송으로 상황을 전달하던 아재 개그의 달인 덕호의 눈에 눈물이 맺혔다. 이를 보던 운영의 눈에도 눈물이 그렁그렁했다.

1층으로 내려온 덕호와 운영은 현금보관소를 먼저 찾았다. 시체들이 문을 가로막고 있긴 했지만 다행히 좀비들은 보이지 않았다. 시체들을 옮기자 안에서 문이 열리고 덕호와 운영이 들어가자 여직원들이 울먹였다.

— 자, 이러고 있을 때가 아니야. 이곳을 빨리 탈출해야 해. 가자.

*

    그 시각, 서울 용산 모처에 마련된 군경 합동 상황실에는 군과 경찰 수뇌부가 모여 있었고, 수십 개의 모니터에는 전국의 카지노에서 벌어지고 있는 참상이 실시간으로 생생하게 중계되고 있었다.

    — 이럴 때 대비책은 없나?

    — 실은 수도권 근처에 예비 부대가 있습니다. 시뮬레이션에 따르면 한 개 중대와 장갑차, 헬기 한 대면 아군 피해 없이 대략 이천 명의 좀비를 섬멸할 수 있습니다.

    — 부대는 얼마나?

    — 현재 편제가 완료되어 훈련을 마치고 장비가 보급된 가용 병력은 한 개 연대, 열여섯 개 중대입니다.

    — 현재 우리나라의 카지노는 전국에 스무 곳이 넘지만 작은 곳은 중대 병력으로 제압이 가능합니다. 제주도는 현지 방어사령부 산하 해병수색대를 우선 투입하겠습니다.

대통령한테 뭐라고 보고할 것인가? 뾰족한 답을 찾을 수 없으니 답답한 노릇이었다.

*

호텔 현관 앞에 지프를 세운 종걸이 트렁크를 열어 기택과 연희에게 소주 두 병씩을 꺼내주었다.

— 뭐야? 오빠 알콜 중독이야? 트렁크에 뭔 술을 이렇게 많이?

— 중독은 무슨, 그냥 애주가야. 그렇게만 알고 있으라고.

종걸이 먼저 양손에 소주병을 들고 머리부터 소주를 들이붓자 기택도 모자는 물론 가죽점퍼를 열고 안쪽까지 뿌렸다. 연희가 머뭇거리자 두 사람이 동시에 입을 열었다.

— 빨리 뿌리지 않고 뭐 해? 저것들이 술 냄새 나면 가까이 못 온다는 말 못 들었어?

— 어휴, 내가 미쳐. 와인도 아니고 소주로 샤워를 다 해보네.

연희가 투덜대며 소주병을 들고 몸에 뿌리는데 어째 영 서툴렀다. 눈을 마주친 종걸과 기택이 연희에게서 소주병을 낚아채서는 연희의 온몸에 소주 세례를 퍼부었다.

부서진 현관문으로 찬바람이 몰아치는 덕분에 세 사람은 1층 로비 엘리베이터 앞까지는 수월하게 올 수 있었다. 엘리베이터 앞에 도착하자 기택이 입술에 손가락을 대고 쉿 하더니 엘리베이터에 귀를 갖다 댔다.

— 조금만 물러서슈. 소리로 보아 두셋은 있는 거 같은데 내가 문을 열면 연희 씨에게 달려들 테니 형님과 내가 처리합시다.

문이 열리자 좀비 둘이 나왔다. 한 놈은 종걸의 검에 목이 베였고 나머지는 기택이 휘두른 야구방망이에 머리가 터져 쓰러졌다.

— 나이스 빳다!

이 와중에도 감탄사를 뱉는 걸 보면 연희는 별로 두려운 것 같지 않았다. 기택이 굴러 떨어진 머리를 걷어차고 막 문이 닫히려는 엘리베이터 안으로 들어가 열림 버튼을 눌렀다.

─나이스 킥!

연희의 습관적인 감탄사에 종걸은 그저 허허 웃을 뿐이었다. 기택이 11층 버튼을 눌렀다.

어휴, 냄새! 연희가 얼굴을 잔뜩 찡그리며 티셔츠를 입까지 끌어올렸다. 엘리베이터가 움직이자 기택이 연희에게 물었다.

─그나저나 누이는 뭐하는 사람인데 여기까지 온 거유?

─왜? 그딴 건 알아 뭐해? 다 옛날 얘긴데. 알믄 중매라도 서주게?

─어허, 이쁜 누이가 까칠하기는? 이렇게 같은 배를 탔으니 서로가 조금 알아두면 안 되나?

─같은 배 같은 소리하시네.

그 순간 듣고만 있던 종걸이 웃으며 기택을 거들었다.

─배는 아니라도 엘리베이터는 같이 탄 거 아냐?

　　　　　　　　　　　　　　　　　　　　독종과 별종들

— 어, 이 오빠가 아재 드립을 다 치시네? 그럼 보답을 해야지. 오빠들 혹시 강남의 텐프로라고 들어봤어요? 내가 한때 텐프로도 아니고 그야말로 잘나가던 오프로 새끼마담 출신이라나깐요. 그런데 어느 날 단골 따라 여기 왔다가 그날부터 인생 조졌다는 뭐 뻔한 스토리지요 뭐. 어때요? 듣고 나니 오빠들 속이 시원해요? 하하.

티셔츠를 바로 잡으려는 연희의 손목에 꽃잎 문신이 살짝 보였다.

*

그 시각, 청와대 안보상황실. 모든 전화가 잠시도 쉬지 않고 울려댔다.

— 비정상적인 북한군의 움직임이 위성에 포착되었습니다.

— 평양을 방어하는 호위사령부 병력을 제외하고 내륙의 전부대가 이동 준비 중이라고 합니다.

— 방금 들어온 위성 첩보입니다. 군사 분계선과 북중 경계선을 따라 포진하고 있습니다. 침공이 아니라 봉쇄 목적으로 보인다고

합니다.

— 미국은, 미군은 어떻습니까?

— 라스베이거스와 애틀랜타에는 이미 전술 핵을 사용했습니다만 수많은 인디언 보호 구역의 스몰카지노에서는 점점 저지선이 뒤로 물러서고 있습니다.

— 주한 미군은 철저히 봉쇄 태세에 들어갔습니다. 전 세계 미군들도 기지를 봉쇄하고 철저히 방어만 하고 있답니다. 여차하면 전 세계 주둔 미군은 본국으로 돌아갈 준비를 하고 있답니다.

— 전 세계 카지노가 있는 나라들에서 같은 사태가 벌어지고 있습니다.

— 일본은? 거긴 카지노도 없잖습니까?

— 일본은 빠찡꼬에서 시작되었답니다. 다만 한 가지 좀비로 변한 게 대부분 노령 층이라 일본 정부는 이 사태를 오히려 인구 문제를 해결할 기회로 여기고 있는 듯합니다. 빠찡꼬마다 자위대를 동원하여 저지선을 넓게 구축하고 무차별 사살을 하고 있습니다.

그 순간 모니터에서는 서울 곳곳에 출현한 좀비 떼들과 혼비백
산 도망을 치고 있는 사람들의 모습이 보였다.

—아니 이것들은 또 어디서 나오는 거야?

—그게, 성인 오락실과 불법 도박장에서 발생한 변이들로 보입
니다.

—뭔 놈의 사행성 업소들이 이렇게 많은 거야?

—그뿐이 아닙니다. 도박이 성행하는 기원과 당구장, 스크린 골
프장들에서도 변이자들이 속속 쏟아져 나오는 상태입니다.

—그래서 이 사태를 해결할 수 있는 방법이 뭐라는 겁니까?

—죄송합니다. 대통령님. 지금으로서는 그 어떤 방법도 불가능
할 것으로….

—당신들, 지금 그걸 말이라고 하는 겁니까? 국방부장관, 당신
이 말해보세요.

국방부장관은 아무 대답도 하지 못했고, 대통령은 눈을 감았다. 깊은 생각에 잠긴 듯했다.

북한이라면? 전 세계에서 불법이건 합법이건 도박장이 없는 유일한 나라가 아닌가. 남한과는 휴전선만 막으면 되고 중국과의 국경도 다리 몇 개만 봉쇄하면 외부와 완전히 차단되는 곳 아닌가. 게다가 핵을 보유한 나라이고…. 현재로서는 북한만이 좀비를 막을 수 있는 유일한 곳이 아닐까?

— 방법이 없다면 할 수 없지요. 비서실장, 핫라인으로 북한 최고지도자랑 연결 좀 해줘봐요.

*

낙원랜드 호텔 11층 객실. 엘리베이터가 멈추고 세 사람은 각자의 무기들을 단단히 잡고는 잔뜩 긴장한 표정으로 조심스레 걸어나와 복도를 좌우로 살폈다. 다행히 좀비도 사람도 보이지 않았다.

기택이 앞장서서 지나치는 방문마다 귀를 대보는데 인기척이나 티브이 소리가 들리는 방은 없었다.

— 1115호부터 시작합시다.

손잡이가 끄떡도 안 하자 방망이로 내리쳐 손잡이를 부순 기택이 방망이를 움켜잡은 채 문을 걷어찼다. 스위트룸의 거실 테이블에는 먹다 남은 룸서비스 음식과 와인 병이 흐트러져 있었다.

종걸과 연희가 침실로 들어가자 옷장 문이 열려 있고 다급히 빠져나간 듯 돈뭉치가 어지러이 널려 있었다. 종걸이 룸서비스용 카트를 가지고 와 돈뭉치를 다 쌓기 시작했다. 그런데 기택의 모습이 보이지 않았다. 종걸이 연희에게 기택을 찾아보라고 했다.

연희가 이 문 저 문 열어보다가 욕실 문을 열었을 때, 좀비 하나가 머리에 피를 흘리며 욕조에 쓰러져 있고 이를 쳐다보며 기택이 혼잣말을 하고 있었다.

— 손에 잡히는 대로 몇 뭉치 챙겨 급히 뜬 거 같은데, 형님이 어딜 가셨지?

그새 돈을 다 챙긴 종걸이 와서 기택을 다그쳤다.

— 이봐, 지금 누구 걱정할 때가 아니라고. 어서 다른 방도 뒤져 봐야지. 여기 말고도 더 있다며?

그제야 기택이 두 사람을 돌아보았다.

— 아, 그렇죠? 17, 19, 21 그리고 23호실. 다들 한 칸씩 떨어져 방들을 잡고 있거든요.

세 사람은 차례대로 방문을 부수고 들어가 돈을 챙겨 나오기 시작했다. 그리고 드디어 마지막 23호실이었다. 간단히 방문을 부수고 들어간 세 사람은 각자 흩어져 돈을 찾기 시작했다.

침실로 들어간 기택이 아무 생각 없이 옷장 문을 열어젖히는 순간, 옷장 속에 쪼그리고 앉아 있던 좀비 하나가 기어 나오더니 기택의 발목을 잡아챘다. 기택은 기겁을 하고 뒤로 벌렁 자빠졌다. 미처 손쓸 새도 없이 좀비가 기택의 몸에 올라탔다. 기택이 꼼짝없이 죽었다 생각한 그 순간, 휘익 소리가 나더니 좀비의 머리가 떨어져 나갔다. 종걸이 장검을 휘두른 것이었다. 목을 감싸 쥐며 벌떡 일어난 기택이 떨어진 목을 발끝으로 굴려 얼굴을 확인했다.

— 하아, 이거 미아리 쌍택이네 식구 중에서도 제일 독한 놈 살

모사네. 독종 아니랄까 봐 끝까지 개기고 있었네. 씨벌놈!

— 근데, 이상하지 않아? 어디서 옮았을까? 누가 들어온 흔적도 없고 물린 데도 없는데?

죽은 좀비의 옷을 벗겨 이리저리 살펴보던 종걸이 고개를 갸우뚱했다. 목이 떨어져 나간 채 벌거벗겨진 좀비의 몸뚱어리에는 온통 문신으로 가득했다. 연희가 그 모습을 보고는 진저리를 쳤다.

— 어휴, 이 새끼는 좀비로 변하지 않았어도, 등짝에 저 살모사 문신만 봐도 오금이 저렸겠네. 아무튼 이 새끼가 어떻게 좀비가 되었든 그게 뭔 상관이에요. 빨리 돈이나 챙겨 나가자고요. 어휴, 이게 도대체 얼마래? 삼십억은 되겠다.

연희가 돈뭉치를 챙기려 허리를 숙이자 종걸이 재빨리 연희의 팔을 잡아 끌어당겼다.

— 안 돼!

— 어, 또 왜요?

— 그게 아니라 잘 봐. 지금 저 돈뭉치를 감싸고 있는 붉은 아지
랑이 같은 거 보이지?

종걸이 칼끝으로 돈뭉치를 가리켰다. 기택과 연희가 각각 야구
방망이와 회칼을 앞으로 내밀며 조심스레 다가가 보니 과연 돈뭉
치 주변으로 붉은색을 띤 농무 같은 것이 덮여 있었다. 마치 살아
숨 쉬는 것처럼 꿈틀꿈틀 일렁이고 있었다.

— 너무 가까이 가지는 마. 저거였어. 바로 저게 원인이라고. 그러
고 보니 아까도 저걸 봤어. 1층 카지노에서 돼지엄마가 변했을 때,
그녀를 죽일 때 바닥에서 붉은색을 띤 채 꿈틀거리던 저걸 분명히
봤어. 돼지엄마도 저걸 마신 걸 거야. 그러니 더 이상 가까이 가지
말라고….

종걸이 말을 잇지 못하고 한숨을 내쉬었다. 비록 좀비로 변했다
지만 자기 손으로 돼지엄마를 죽이던 장면을 떠올리니 아무래도
마음이 불편했다. 그렇게 한동안 침통한 표정을 짓고 있다가 종걸
이 다시 말을 이었다.

— 이제 알았어. 알겠다고. 저 연기처럼 꿈틀대는 것이 무슨 벌
레나 바이러스겠어? 바로 인간이 탐욕이 뱉어낸 악한 기운이라고.

모르겠어? 카지노라는 곳이 어떤 곳이야? 세상에서 가장 추악한 탐욕으로 넘쳐나는 곳이잖아. 그것들이 쌓이고 쌓여 결국 저 괴물을 만들어낸 거야. 지금 이놈도 도망가기보다 저 돈뭉치들을 챙기려다 감염된 거라고… 탐욕이 탐욕으로 생긴 괴물에게 잡아먹힌 건가?

종걸의 말을 듣고 있던 기택과 연희는 고개를 끄덕이면서도 얼굴은 도저히 모르겠다는 표정이었다. 연희가 정적을 깼다.

— 그럼 어떡해요? 그렇다고 이 많은 돈을 그냥 버려두고 가요? 아님 태워요?

— 아니, 그건 아니지.

잠시 생각에 잠겼던 종걸이 기택의 손에서 방망이를 빼어들고 창문으로 다가갔다. 몇 번을 휘둘러도 깨지지 않을 만큼 유리창이 단단했지만 결국은 박살이 나고 바깥의 찬바람이 쏟아져 들어왔다. 그러고는 종걸이 복도로 나가 소화기를 가져와 돈뭉치에 소화액을 뿌리기 시작했다. 그 순간 꿈틀거리던 붉은색 안개덩이가 마치 도망치듯 스르르 벽을 타고 가더니 환풍기 속으로 사라지는 것이었다.

물끄러미 이 광경을 보고 있던 세 사람이 안도의 한숨을 내쉬었다.

— 자, 이제 돈을 챙기자고. 그래도 조심해야 돼. 어디서 또 튀어 나올지 모르니까 가급적 숨을 참든지 가늘게 쉬고.

소화액이 묻은 지폐들은 버리고 나머지 돈뭉치만 들고 나오는데 아무래도 아까운지 연희가 다시 들어가서는 버리고 온 지폐들을 슬그머니 챙기는 것이었다.

*

복도로 나온 세 사람은 엘리베이터로 향했다. 종걸이 앞장서고 바로 뒤에서 연희가 돈이 가득 쌓인 카트를 밀고 맨 뒤 기택은 뒷 걸음으로 걸으며 사방을 경계했다.

— 엘리베이터가 안 움직이네, 어떡하지?

종걸의 말에 창가로 가 아래를 내려다보던 기택이 가까운 방에 들어가 침대 시트며 커튼을 잔뜩 들고 나왔다.

— 어떡하긴 뭘 어떡해요? 빨리 돈뭉치를 싸매서 밑으로 던지자고요. 어차피 우리는 계단으로 갈 수밖에 없으니 카트는 쓸 데도 없잖아요.

기택이 침대보를 펼쳐놓고 카트에서 돈뭉치들을 내려 쌓기 시작했다.

— 뭣들 해요? 얼른 움직이지들 않고. 일단 풀어지지 않게 꽁꽁 싸매서 던져놓고 내려가서 챙기면 되잖아요.

— 할 수 없지, 그 수밖엔 없겠네.

세 사람은 황급히 돈뭉치들을 싸서 창밖으로 던지고 계단으로 향했다. 계단 곳곳에는 널브러진 채 오도가도 못 하고 있는 좀비들로 가득했다. 가끔 계단에 걸려 엎어진 채로 기어오르거나 미끄러져 내려가려고 꿈틀대는 것들이 있었는데 그것들은 종걸의 일행에게 목이 잘리거나 머리가 부서졌다.

— 이것들이 관절을 못 굽히니 정말로 계단이 쥐약이네요. 내려가지도 올라오지도 못하네. 하하.

연희는 이 상황에서도 여전히 농담을 즐겼고, 일행은 별다른 위험 없이 2층까지 내려올 수 있었다. 하지만 2층에 도착하니 더 이상 계단으로 내려가는 게 불가능했다. 올라오려는 것들과 내려가려는 것들이 서로 쓰러져 엉켜서는 통로를 빽빽이 막고 있었다. 신음소리와 악취가 뒤섞여 그야말로 무간도에 발을 내딛은 기분이었다.

— 씨발, 어쩐지 너무 쉽더라니.

기택이 한마디 내뱉었다.

— 할 수 없지. 다른 계단들도 마찬가질 꺼 아냐, 그냥 뛰어내리자고.

— 아니, 난 못 해요.

종걸의 말에 연희가 겁을 먹고 물러서자 기택이 커튼을 찢어 와서는 대충 꼬아 밧줄을 만들어 2층 난간에 걸었다. 그러고는 밧줄을 타고 내려가다 중간쯤에서 펄쩍 뛰어내리는 것이었다.

— 봤죠? 암것도 아니니 얼른 내려들 와요.

종걸이 기택의 뒤를 이어 내려오자 기택이 한쪽 눈을 찡긋하며 외쳤다.

— 나이스 점프!

이번에는 두 사람이 양쪽에서 커튼을 펼쳐들었다.

— 연희 씨 밧줄 잡고 내려올 수 있을 때까지 내려오다가 그냥 뛰어내려요. 눈 딱 감고.

— 내가 보기보다 체중이 좀 나가요. 꼭 붙잡아야 해요.

연희가 밧줄을 잡고 내려오다 더 이상 안 되겠는지 손을 놓고는 뛰어내렸다. 두 사람은 잡고 있던 커튼을 연희에게 덮으며 동시에 외쳤다.

— 나이스 점프! 나이스 캐치!

— 아이고 화상들. 나이스 콤비네 정말.

연희가 커튼을 젖히고 두 사람을 쏘아보며 웃었다.

A.M. 07:30

돈다발이 얼마나 많은지 종걸의 지프 트렁크에 가득 싣고도 남아 뒷좌석까지 채워야 했다. 거의 연희 혼자 앉을 공간만 남을 정도였다. 브라보! 세 사람은 하이파이브를 하며 승리, 아니 성공을 자축했다.

여명이 밝아오고 다행히 눈보라도 그쳤다. 도로도 아직은 운전이 가능했다. 종걸이 시동을 걸자 기택이 뒷좌석 문을 잡고 정중하게 팔을 굽혀서는 연희에게 어서 오르라는 시늉을 했다. 연희가 뒷좌석에 억지로 궁둥이부터 밀어 넣으며 비좁다며 구시렁거렸다.

— 연희 씨, 비좁으면 좀 어때? 돈에 파묻혀봤으면 하는 소원을 푼 거잖아. 하하.

종걸의 지프가 낙원랜드를 빠져나와 읍내 삼거리에 다다르자 멀리 골짜기에서 어마어마한 폭발음이 울리며 주변이 환해졌다. 종걸이 차를 세웠다. 차에서 내린 세 사람은 골짜기에서 불길에 휩싸인 채 무너지고 있는 카지노를 한참 바라보았다.

— 어쨌든 속이 다 시원하네. 저놈의 웬수 같은 카지노.

종걸이 박수를 치자 두 사람도 따라서 박수를 쳤다.

— 퉤퉤! 재수 옴 떨어져라.

이번에는 기택이 침을 뱉으며 주문을 외자 연희도 따라서 흉내를 냈다. 그렇게 세 사람이 수다를 떨고 있을 때, 차 한 대가 그들을 지나쳐 가고 있었다. 최대식 보안과장이 운전대를 잡았고 뒷자리에 덕호와 운영이 보였다.

— 운영아, 그만 울어. 남들이 보면 덕호가 죽은 줄 알겠다. 그만하길 다행이지. 금방 병원에 도착할 거야.

다리에 피를 흘리고 있는 덕호를 보며 운영은 좀처럼 눈물을 그치지 못했다.

*

잠시 후 종걸의 지프는 서울로 가는 도로에 접어들었다. 히터를 틀어 따듯해진 탓인지, 지옥 같은 한 시간을 보낸 탓인지, 연희는 뒷좌석에서 졸고 있었다.

라디오에서는 전국의 참상을 전하는 뉴스가 계속 흘러나오고 어느새 바꿨는지 운전을 하고 있는 기택과 조수석의 종걸은 말없이 앞만 주시하고 있었다.

— 에이 씨발! 도대체 어디로 가란 소리죠?

— 그러게. 어디로 가지?

종걸이 라디오를 끄고 음악을 틀었다. 페기 리의 〈자니 기타〉가 흘러나왔다. 잠시 후 종걸이 침묵을 깼다.

— 동해안으로 가자.

— 예?

— 거기 가서 배를 타고 울릉도나 독도로 가든 북한이건 러시아건 일본이건 어디로 가든지 간에 일단 바다로 나가자. 라디오 들었

잖아. 지금 여기는 어딜 가나 마찬가지라고.

— 그럽시다. 씨발!

기택이 거칠게 핸들을 꺾어 차를 유턴했다. 눈길이라 비록 사륜구동이긴 했지만 뒷바퀴가 미끄러지면서 차가 한쪽으로 쏠렸고 뒷좌석에 쌓여 있던 돈뭉치가 무너져 몇 다발이 바닥에 떨어졌다. 그 와중에도 연희는 완전히 잠들었는지 꿈쩍도 하지 않았다. 라디오에서는 아직도 〈자니 기타〉가 흘러나오고 있었다.

다시 자세를 잡은 지프가 눈길을 헤치며 달리기 시작했다. 종걸이 졸음이 잔뜩 묻어나는 목소리로 중얼거렸다.

— 이제 좀 졸립네. 기택아, 졸리면 깨워라. 교대해줄께. 나 잠깐 좀 잘란다.

기택이 핸들을 잡은 손에 잔뜩 힘을 주고 전방을 주시한 채 역시 중얼거렸다.

— 염려 말고 푹 주무슈.

여전히 연희는 아무 일도 없었다는 듯 잠들어 있었다. 그 사이 라디오에서는 캐럴송이 흘러나오고 있었다. 고요한 밤 거룩한 밤 어둠에 잠긴 밤….

차 안의 공기가 따뜻해지자 뒷좌석 바닥에 떨어진 돈다발 사이에서 붉은색 아지랑이가 꾸물꾸물 피어오르고 있었다. 한줄기 연기가 뱀처럼 꿈틀거리며 스멀스멀 올라오더니 마치 살아 있는 것이 좌우를 살피듯이 이리저리 흔들리다가 방향을 틀어서는 코를 골며 자고 있는 연희의 코로 스르륵 빨려 들어갔다.

잠시 후 흠칫하며 치켜 뜬 연희의 눈은 초점이 사라졌고 흰자위도 온통 시뻘겋게 변해 있었다.

고요한 밤 거룩한 밤 어둠에 묻힌 밤….

차 안에는 여전히 캐럴 송이 흐르고 운적석의 기택은 졸린 눈을 비비며 핸들을 잡고 있었다. 어느새 다시 눈이 굵어지고 있는 도로 위로, 인적이 끊긴 하얀 눈 길 위로 세 사람을 태운 지프가 달리고 있었다. 🎲

총체성의 미학을 향하여

— 김현식 소설집 『독종과 별종들: 도망쳐라, 잡히면 죽는다』 읽기

오민석(문학평론가 · 단국대 교수)

    사회는 그것을 구성하는 다양한 부분의 종합으로 이루어져 있다. 모든 부분은 그것들이 모여서 이루는 전체와의 관련 속에서만 제대로 이해될 수 있다. 루카치(G. Lukács)는 「로자 룩셈부르크의 마르크스주의」에서 다음과 같이 이야기한다. "부르주아적 사유는 사회 현상을 의식적으로든 무의식적으로든, 순진하게든 교묘하게든, 일관되게 개인의 관점에서 판단한다. 개인에서 총체성으로 가는 길은 없다. 기껏해야 특수한 영역들, 부분들의 단순한 파편들, 맥락도 없는 '사실들', 혹은 추상적이고 특수한 법칙들의 측면들로 이끄는 길만이 있을 뿐이다." 루카치가 말한 "부르주아적 사유"의 방식은 그가 혹독하게 비판했던 모더니즘 문학으로 고스란히 이어진다. 루카치에 따르면, 모더니즘 문학에는 총체적 관점이 부재

하다. 그것은 거대한 역사적 흐름조차도 개인들의 사소한 관계들로 환원하고, 변화 가능한 사회적 문제들을 인간의 타고난 '운명'으로 간주한다. 이런 틀로 볼 때, 김현식은 명백한 리얼리스트이고 반(反)부르주아적 사유의 소유자이다. 그는 장편『북에서 왔시다』(2018)에 이어 이 소설집에서도 여전히 '총체적' 시선을 견지하고 있다. 그의 개인은 늘 사회적 개인이고 역사적 개인이다. 그는 사회적, 역사적 맥락 속에 있는 개인을 본다.

1. 파시즘의 황량한 풍경 — 후리가리

이 소설은 '유신'으로 불리는 1970년대 한국 파시즘의 황량한 풍경을 재현하고 있다. "후리가리"란 그 시절에 국민을 통제하기 위해 아무 데서나 수시로 자행되었던 "경찰의 일제 단속"을 가리키는 일본어이다. 누구의 입에서 이런 말이 나왔는지 알 수 없지만, 이 용어는 일본육군사관학교 출신의 친일파 파시스트 박정희 통치 시대에 너무나도 잘 어울리는 이름이다. 영화의 장면(scene)처럼 구성된 이 소설의 첫 번째 신의 제목도 "#1 후리가리"이다. "1979년 10월 26일 금요일 오후 다섯 시", 이 소설의 배경인 춘천의 명동에 장발과 미니스커트 단속을 위한 후리가리가 뜬다. 닭장차에서 내린 "정복 차림의 경찰관들과 방범대원들이 우르르 쏟아져 나와서는 다짜고짜 멀쩡히 길 가는 청춘남녀들을 구석으로 몰아 세우기 시작했다." 대부분의 독자는 후리가리가 뜨는 이 장면을 무심코 읽겠지만, 위에 언급된 시간은 바로 박정희가 측근 김재규의 총에 맞아 죽음으로써 18년에 걸친 유신 독재가 막을 내리기 직전의 '역사적' 시간이다. 이 소설의 후반부에 따르면 박정희가 사망한 시각은 이로부터 정확히 두 시간 오십 분 후인 "7시 50분"이다. 후리가리는 파시즘 정권의 노골적인 대중 통제를 잘 보여주는 단속 방식이었다. 대낮에 아무런 거리낌도 망설임도 위장도 없이 반말과 몽둥이와 바리캉과 줄자로 국민의 머리카락과 치마 길이를 단속하고 족치는 공권력의 모습을 보라. 이 천박하기 짝이 없는 파시즘 앞에서 존엄한 국민의 인권은 묵사발이 났고, 사회는 늘 공포와 긴장으로 시달렸다. 이 와중에 방첩대 출신의 "최대한"이 등장한다. 그는 "도무지 요령부득인 고문관, 고집불통, 꼴통, 독불장군, 벽창호, 옹고집, 외곬"인 사람이다. 그는 고작 방범대원이지만, 철저하게 원칙대로 후리가리에 전념함으로써 나름의 업적을 쌓아나간다. 그가 철저하게 유신 이데올로기의 노예가 된 이유는 간단하다. 이를 통해 그는 요행으로라도 경찰이 되고 싶었기 때문이다. 화자의 말대로 방첩대 출신의 "끗발 좋은 부대에서 잘나가던 하사관이 어떤 곡절로 옷을 벗고 나왔는지, 무슨 곡절이 있기에 적지 않은 나이에 방범대원이 되었는지는 여러 설이 분분"했지만, 그는 그 "곡절" 때문에 상실한 자신의 지위와 권력을 철저한 후리가리의 실행을 통해서 다시 회복하려는 인물이다. 심각하다면 심각할 이런 이야기를 작가는 매우 경쾌하고 코믹한 톤으로 그려낸다.

> 이 평화로운 소읍 춘천에 느닷없이 등장한 벽창우 아니 고답이, 스파게티 웨스턴식으로 말하자면 그야말로 <돌아온 장고>, <황야의 무법자>가 있었으니, 그 이름도 크디큰 최대한이 되겠다.(13쪽)

최대한을 소개하는 작가는 무슨 코미디의 변사처럼 유쾌하기까지 하다. "진지하면 반칙"이라는 속된 말도 있지만, 작가는 진지하다 못해 고통스러웠던 파시즘의 시대를 절대 진지하게 재현하지 않는다. 내가 볼 때 작가는 파시즘의 '악마적 진지함'을 그것과 똑같이 진지하게 대하는 것을 그것의 파토스에 말려드는 것이라 여긴다.

모든 사람을 '간첩'으로 몰고 가는 짐승 같은 현실을 그린 장편 『북에서 왔시다』에서도 김현식은 해학과 풍자로 파시즘의 '나쁜 진지함'을 박살낸다. 그 옛날 프로 권투선수 알리처럼 그는 나비처럼 경쾌하게 날아 벌처럼 가볍게 파시즘을 가지고 논다. 파시즘은 그 자체 최악의 코미디였으므로 그는 그것을 최악의 잔혹한 코믹 터치로 그려내면 된다. 이것이 그가 1970년대 한국의 파시즘을 재현하는 방식이다.

운 좋게 파시스트 대통령의 표창 수상자로 선발되어 "평생의 소

독종과 별종들

원을 이룰 기회"가 왔다고 생각한 최대한이 청와대로 가기 전날 밤 통금 단속을 나갔다 겪는 일은 (물론 꿈이었지만) 이 소설의 대단한 반전이다.

주저앉은 채로 주춤주춤 뒤로 물러서던 그때 대한의 등 뒤로 스산한 기운이 훅하고 끼쳤다. 대한이 돌아보니 언제 어디서 몰려들었는지 장발족과 미니스커트들이 골목을 꽉 막고 있는 것이었다. 귀신에 홀린 것일까. 당황한 대한이 눈을 씻고 보았지만, 헛것을 본 게 아니었다.

귀 없는 남자들이 양옆 머리를 펼치듯 들어 올리고 있고 무릎이 없는 여자들은 허리춤을 잡고 치마를 끌어올리면서 음산한 미소를 짓고 있었다.

― 뭐, 뭐야 이것들은? 씨발. 귀랑 무릎은 다 어쨌어? 귀신이냐 사람이냐?

― 귀 떼어버렸다, 새끼야. 너 때문에 취업 면접 못 가서 실업자 되었으니 좋냐. 새꺄.

― 무릎? 밀어버렸다, 새끼야. 선보러 가다 너한테 잡혀서 노처녀 신세가 되었다. 어때 기분 좋냐?

― 니가 거리의 깎사, 민중의 가위라는 그 최대한이지?(30~31쪽)

최대한은 쌍둥이 친동생의 이름이 "민국"이고, 아들 이름도 "유신"일 정도의 '국뽕(국가주의자)'이다. 그는 대통령 표창을 하루 앞둔 밤에도 자칭 "민중의 지팡이"이자 유신 이데올로기의 최전방 수호자로서 열성을 다해 통금 단속을 하다가 황당한 일을 겪는다. 평소에 겁을 잔뜩 먹고 위축되어 꼼짝 못 하던 시민들이 갑자기 무슨 좀비처럼 돌변해 그를 위협했던 것이다. 극단적인 공포 속에서 그는 깨어나지만, 이 사건은 대통령 표창에 부풀었던 그의 희망이 갑자기 박살 날 것을 예고하는 소설적 장치이다. 이어지는 플롯을 따라가 보면, 그가 과잉 단속을 하던 바로 그날 밤에 그의 우상이자 희망이었던 파시스트는 총에 맞아 죽고 그의 대통령 표창은 하루아침에 무산이 된다. 우연이지만 이 놀라운 개연성은 소설의 전압을 높이고 소설을 더욱 극적이게 만든다. 게다가 좀비처럼 변한 시민들은 '억압된 것의 회귀'로서 극단적 상황 속에서 파시즘에 저항하는 잠재적 집단성을 보여준다. 파시즘 앞에서 다들 죽은 것 같았으나 여전히 살아 있는 시민들은 파시스트들엔 좀비처럼 소름 끼치는 공포의 타자들이다.

2. 식민주의 혹은 제국주의적 타자성이 가동되는 방식 — 흡혈 인간

이 소설의 주인공인 블라드와 루시는 "흡혈인간"이다. 그러므로 이 소설은 흡혈인간에 관한 이야기이다. 그런데 이 소설을 흡혈귀 내러티브로만 읽으면 이 소설의 껍데기만 쫓아다니게 된다. 멀쩡한 소설가가 사람 피를 빨아먹으며 희희낙락하는 귀신 이야기를 써서 뭐 하겠는가. 이런 질문은 흡혈귀 소설의 원조인 브램 스토커(Bram Stoker)에게도 똑같이 던져질 수 있다. 그는 왜 『드라큘라』라는 흡혈귀 고딕 호러(Gothichorror) 소설을 썼으며, 이 소설은 왜 지금도 계속 출판이 되고 있을까. 이런 점에서 흡혈귀를 흡혈귀로만 읽는 사람은 정신적 유아들이다. 그런 독자들은 판타지 자체의 사실성과 무관하게 판타지 자체를 즐기는 사람들이다. 많은 어린이가 그런 상상력에 열광한다. 브램 스토커 이후의 모든 흡혈귀 소설은 그런 판타지를 소설의 외연에 깔고 있고, 그것이 소설을 재미있게 만드는 요소이기도 하다.

그러나 브램 스토커의 『드라큘라』에서 시작하여 김현식의 「흡혈인간」에 이르기까지 여기에 등장하는 흡혈귀 혹은 흡혈인간들을 일종의 메타포로 읽으면 사정이 달라진다. 사람들은 왜 드라큘라 이야기가 꾸며낸 판타지인 줄을 잘 알면서도 그것이 가져다주는 공포에 공감할까. 그것은 드라큘라가 그 자체 판타지이면서 동시에 현실의 무섭고 끔찍한 어떤 존재 혹은 시스템의 은유로 작동되고 있기 때문이다. 은유는 이질적인 것들 사이의 유사성을 끄집어내는 수사법이다. 흡혈귀는 판타지이면서 동시에 우리 현실 안에 있는, 흡혈귀처럼 두렵고 무서운 모든 존재 혹은 체제의 은유이다. 흡혈귀와 이런 존재 혹은 체제 사이에는 명확한 유사성이 있다. 그것은 목숨을 건 위협이고 폭력이며 감당하기 어려운 권력이다.

소설 속의 화자(블라드)는 자신들이 "흡혈귀"가 아니라 "흡혈인간"이라 주장하는데 여기에는 이 소설의 중대한 알리바이가 숨어 있다.

인간들은 우리를 흡혈귀라고 부르는데, 그건 정말이지 치욕적인 말이다. 우리는 귀신도 아니고 마귀도 아니다. 우리는 흡혈인간이다. 그리고 인간들은 우리에게 피를 빨리면 흡혈인간이 된다고 믿는 경우가 많은데 그 또한 절대 아니다.(43쪽)

작가는 이들을 흡혈귀가 아니라 흡혈인간이라 부름으로써 흡혈귀 스토리의 판타지성을 대폭 줄이고 그것을 실제 현실에 훨씬 가깝게 끌어들이고자 한다. 그러므로 이 소설의 이야기는 황당한 귀신이나 괴물들의 이야기가 아니라, 다름 아닌 "인간"의 이야기인 것이다. 위에서 인용한 구절의 마지막 문장은 시사하는 바가 더욱 크다. 사람들은 흡혈인간에게 "피를 빨리면 흡혈인간이 된다고 믿는

독종과 별종들

경우가 많은데 그 또한 절대 아니다."는 말은 도대체 무엇일까. 한 마디로 말해 은유로서의 흡혈인간은 아무나 되는 것이 아니다. 이 소설에서 작가가 깔아놓은 포석을 자세히 들여다보면, 흡혈인간은 권력과 자본을 독점하고 있는 소수의 인간이다. 그러니 그것은 일종의 기득권이고 엄청난 특권이다. "우리 종족이 되려는 인간 지원자가 점점 늘고 있지만, (……) 소수의 인간만이 우리의 피를 주입받을 수 있다."는 말이 그 말이다. "전 세계 자본의 50%는 우리 흡혈족 자본"이라는 말이나, 다음과 같은 대목을 보라.

우리 종족은 인간들 사이에서 인간 행세를 하며 수천 년 동안 인간과 함께 지내고 있지만 우리들 대부분은 인간들보다 훨씬 부유한 생활을 하고 있다. (……) 전 세계에서 최고의 부를 축적한 이들 중 상당수가 실은 우리 종족이라는 것을 인간들이 알면 기절초풍할 것이다. 일찍이 우리 선조들이 유럽 전역에 이발소 간판을 걸고 때로는 외과의사 간판을 걸어놓고 수백 년 동안 대놓고 식생활를 해결했다는 것, 지금도 의과대학을 나와 병원이며 요양원을 차려서는 피 걱정 안 하고 사는 놈들도 부지기수라는 것, 그뿐인가 일찍이 중국으로 진출한 선조들은 사혈과 습식 부황을 개발하여 인간들에게 기술을 전수해준다는 명목으로 풍족한 흡혈·아니 이 경우엔 식혈이겠다 생활을 누렸고 지금까지도 누리고 있다고 들었다. 그야말로 세상에는 피로 목욕할 정도로·인간의 말을 빌리자면 우유로 목욕한다고 해야겠지·부유한 자들이 차고 넘쳤다. 아, 『드라큘라』를 써서

부를 축적한 브램 스토커도 실은 우리와 같은 흡혈인간이다. 물론 나처럼 귀족 가문이면서도 파산하여 본부에 취직해서 이렇듯 해외 파견을 오는 경우도 있지만 말이다.(41~42쪽)

이 소설의 흡혈인간은 권력의 최상부에 위치하며 자본의 대부분을 소유하고 있는 현대판 부르주아 권력의 은유이다. 이 소설의 초반부에서 이들이 한국에 진입할 때 이들에게 주어진 임무는 "한국에 새로운 지부를 만드는 것"이었다. 화자인 블라드는 이 소설 본문의 첫 문장에서 한국을 "정복 예정지"라고 부른다. 이렇게 보면 이 소설에서 흡혈인간은 자본을 앞세운 글로벌 신식민주의의 은유이기도 하다. 흡혈인간은 "인간들 사이에서 인간 행세를 하며 수천 년 동안 인간과 함께 지내고 있"는 특수한 인간들이다. 루시와 블라드는 한국 사회의 다양한 물질적 혹은 문화적 공간, 즉 반지하방, 화투판, 이종격투기, 피맛골, 핼러윈 데이 축제, 타투 가게 등을 돌아다니며 흡혈인간의 식민지를 건설하려다 실패한다. 그 이유는 무엇일까.

서울은 건물도 사람도 정말 복잡한 구조다. 고층아파트와 판자촌이 함께 붙어 있질 않나, 광장마다 빨간색 인간들과 파란색 인간들이 한쪽은 촛불을 들고 한쪽은 태극기를 흔들며 서로를 향해 확성기로 죽어라 죽어라 떠들어대지 않나, 부자들은 가난한 사람들에게 개돼지라며 욕을 해대는데 가난한 사람들은 뭐가 좋다고 저래 부자들을 칭찬하는지, 좀체 이해할 수 없는 요지경 세상이다.(68쪽)

  그들이 볼 때, 한국은 단순한 사회가 아니다. 한국 사회는 다양하고 이질적인 목소리들이 공존하는 배리(背理)와 모순의 사회이며, 다강세성(multiaccentuality)이 지배하는 사회이고, 단일한 원리로 설명이 불가능한 이어성(異語性, heteroglossia)의 세계이다. 이에 반해 흡혈인간의 제국주의 혹은 신식민주의는 폭력적 단일강세성(uniaccentuality)이 지배하는 담론이다. 그들의 언어로는 한국의 다성적 현실을 이해할 수 없다. "한국을 몰라도 너무 몰랐고, 서울을 몰라도 너무 몰랐다. 겪으면 겪을수록 뭐 이런 나라가 있나 싶고 뭐 이런 인간들이 있나 싶다."는 그들의 고백은 흡혈인간으로 대표되는 신식민주의 권력 담론과 이미 다강세성의 복잡한 사회로 변해버린 한국 사회 사이의 근본적 불일치를 보여준다. 그러므로 이들이 한국 정부의 추격을 받자 북한으로 튀는 것도 이런 이유에서이다. 적어도 그들에게 북한사회는 "몰라도 너무" 모르는, "좀체 이해할 수 없는 요지경 세상"은 아닐 것이다. 작가가 볼 때 북한 사회를 지배하는 담론은 흡혈인간의 폭력적 단순성과 다르지만 또 다른 단일강세성의 언어이다.

3. 좀비 자본(zombie capital)의 풍경 ― 좀비, 디 오리진

앞의 소설이 흡혈인간의 이야기하면 이 소설은 좀비에 관한 이 야기이다. 좀비 내러티브 역시 흡혈귀 스토리와 하등 다를 바 없는 고어(Gore) 혹은 호러 판타지이기는 마찬가지이다. 그러므로 이 소 설에 대한 올바른 해석도 좀비를 메타포로 이해하는 데서 시작될 수 있다. 이 소설의 주요 배경은 "강원도 정선 사북읍 산골짜기에 자리 잡은 낙원랜드 호텔 1층 카지노"이다. 카지노는 돈에 대한 과 잉 욕망이 총집결되는 공간이다. 이곳에서 돈은 최고의 가치이며 돈에 대한 욕망의 충족에 상한선은 없다. 카지노 인간들의 욕망이 과잉 욕망인 이유가 바로 이것이다. 그들은 구멍 난 위(胃)의 소유 자들이며, 아무리 먹어도 그들의 배는 채워지지 않는다. 카지노 공 간의 황량한 모습을 작가는 다음과 같이 묘사한다.

초저녁에 와서 일찌감치 가진 돈을 다 털리고 맥없이 이 테이블 저 테 이블을 옮겨 다니며 기웃대는 사람. 아주 드물긴 하지만 자신이 정해놓은 소정의 금액을 따고는 팔짱을 끼고 느긋하게 구경하는 사람. 알지도 못하 는 사람 뒤에서 원하지도 않는 응원의 박수나 함성을 질러가며 개평이라 도 얻어보려고 안간힘을 쓰는 사람. 꽁짓돈 빌릴 돈푼깨나 있는 사람을 물색하느라 바쁘게 눈동자를 굴리는 사람.

온갖 부류의 사람들이 북적이는 곳이고 나아가 옷차림들은 제각각이지만 표정이나 자세를 보면 한눈에 보아도 딱 둘로 나뉘어 있다.

승자와 패자.

물론 승자가 된다 해도 오늘 단 하루만 주어진 승리일 뿐이다. 카지노에서 최종 승자는 오직 카지노일 뿐이다. 애초에 그렇게 설계된 곳이다. 언제나 마지막에는 카지노가 이기도록 설계된 곳. 그래서 카지노에는 시계가 없고 창문이 없다. 카지노에 들어온 이상 그 누구도 시간 가는 줄 몰라야 하고 밤낮이 바뀌는 걸 몰라야 하기 때문이다. 카지노는 그렇게 설계된 곳이다.(91~92쪽)

이 소설을 떠받쳐주는 일차적인 힘은 카지노 공간과 이곳의 인물들에 대한 작가의 핍진성 넘치는 묘사에서 나온다. 그는 마치 영화의 장면처럼 카지노의 풍경들을 매우 사실적으로 재현한다. 덕분에 카지노에 한 번도 가보지 못한 독자들도 이 소설을 읽으면 카지노의 풍경에 매우 익숙해지고도 남는다. 위에 인용된 것처럼 카지노에 몰리는 사람들은 "최종 승자"인 카지노에 끝내 패배할 것을 알면서도 요행의 일확천금을 바라며 카지노에 몰려든다. 자본이 이들을 궁극적으로 구원해주지 못한다는 점에서 자본은 사실상 '죽은 몸', 즉 시체이다. 그러나 자본은 카지노 인간들의 욕망을 끊임없이 부채질하며 이들을 파멸의 길로 몰아간다는 점에서, 역설적이게도 살아 있는 시체, 즉 좀비이다. 이런 독법은 이 작품에서 좀비를 자본의 은유로 읽을 수 있게 해준다.

마르크스도 이미 오래전에 자본을 흡혈귀에 비유했다. 마르크스는 『자본론』에서 자본을 "흡혈귀처럼 살아 있는 노동의 피를 빨아댐으로써만 생존할 수 있는 죽은 노동"이라고 정의한다. 그것은 "더 많이 살기 위하며 더욱 많은 산 노동의 피를 빨아 먹는다." 마르크스의 자본이나 이 소설의 자본이나 모두 흡혈귀 혹은 좀비의 모습을 하고 있다. 뱀파이어 소설의 오랜 전통에서 뱀파이어는 공포와 위협으로 다가오는 모든 타자성의 은유(metaphor of the otherness)로 해석될 수 있다. 좀비 자본은 그 모든 타자성 중에서도 가장 강력하고 전 지구적인 파괴력을 가지고 있다.

이 소설에서 좀비의 탄생 과정은 독특하다. 좀비들은 등장인물들의 과잉 욕망의 정점에서 생겨난다. 등장인물 중에 가장 먼저 좀비가 된 "돼지엄마"는 카지노에서 "소액 사채 시장"을 장악하며 나름 알뜰하게 살아가는 여성이다. 그러나 그녀에게는 카지노와 관련된 아픈 과거가 있다. 그녀의 남편은 개인택시 운전을 하며 착실하게 살아가던 사람이었다. "어느 날 서울에서 전세 손님을 태우고 카지노에" 왔다가 우연히 도박에 빠져든 그는 점점 더 심하게 도박에 빠졌고, 마침내 파산 지경에 이르자 목을 매고 자살한다. 돼지엄마는 남편을 잃은 바로 그 카지노에서 악착같이 돈놀이를 하며 살다가 자신도 우연히 도박판에 끼어들었다가 "카지노라는 덫"에 걸린다. 어느 날 큰돈을 잃은 그녀가 바닥에 떨어진 칩을 주우려 몸을 구부렸는데 그녀의 "눈에 뭔지 모를 희미한 연기가 들어왔다. (……) 정체를 알 수 없는 안개인지 연기 같은 검붉은 기운이 스멀스멀 퍼져서 일렁이고 있었다." 이런 과정을 통해 돼지엄마는 낙원랜드 카지노에서 최초의 좀비가 된다. 이후 카지노의 이곳저곳에서 좀비가 된 노름꾼들과 최대식, 이운영, 덕호 등의 카지노 보안요원들, 그리고 우연히 한 패가 된 종걸, 유기택, 연희 사이에 목숨을 건 싸움들이 일어난다. 그저 재미로만 읽어도 낙원랜드 호텔 카지노에서 일어나는 이 엄청난 소란은 그 자체 스릴이 넘친다. 김현식은 마치 영화처럼 너무나도 생생하게 이 장면들을 재현한다. 아마도 작가는 영화 대본 쓰기에도 남다른 재능을 가지고 있을 것이다.

결국 이 소설의 배경이 되는 "낙원랜드 호텔"은 자본과 과잉 욕망의 신을 모시는 거대한 사원인 셈이다. 그 안에서 자본은 좀비의 모습을 하고 불나방처럼 그 안에 뛰어든 노예들을 잡아먹는다. 『좀비 자본주의(Zombie Capitalism)』의 저자인 크리스 하먼

(C. Harman)은 이 책에서 다음과 같이 말한다. "(서브프라임 모기지 사태로) 2007년에 시작된 경제 위기에 직면했을 때, 일부 경제 해설가들이 '좀비 은행들'에 대해 말하기 시작했다. 그들이 말하는 좀비 은행이란, '죽지 않은 상태'에 있으며 어떤 긍정적인 기능도 이행할 수 없지만, 다른 모든 것에 위협이 되는 금융 기관들을 의미한다. 그 해설가들이 인지하지 못하는 것은, 전체로서의 21세기 자본주의가 일종의 좀비 체제이고, 인간의 목적을 성취하고 인간적인 감정들에 관련해서는 죽은 것처럼 보이지만, 모든 곳에 혼란을 초래할 수 있는 행위를 갑작스레 촉발할 수 있다는 것이다." 하먼의 이런 지적은 자본이 마르크스의 19세기나 21세기의 지금이나 여전히 흡혈귀이고 좀비라는 사실이다. 이 소설에서 대표적인 인물들인 종걸, 유기택, 연희가 힘을 합쳐 목숨을 걸고 싸우는 것도 결국은 혼란 중에 카지노에 남아 있던 현금을 소유하기 위함이었으며, 이런 점에서 이들도 '예비 좀비들'이다. 이를 명시하듯 작가는 이 소설의 말미에서 이들이 함께 타고 도망하는 차 안의 풍경을 다음과 같이 그린다.

차 안의 공기가 따뜻해지자 뒷좌석 바닥에 떨어진 돈다발 사이에서 붉은색 아지랑이가 꾸물꾸물 피어오르고 있었다. 한줄기 연기가 뱀처럼 꿈틀거리며 스멀스멀 올라오더니 마치 살아 있는 것이 좌우를 살피듯이 이리저리 흔들리다가 방향을 틀어서는 코를 골며 자고 있는 연희의 코로

독종과 별종들

스르륵 빨려 들어갔다.

　잠시 후 흠칫하며 치켜 뜬 연희의 눈은 초점이 사라졌고 흰자위도 온통 시뻘겋게 변해 있었다.(162쪽)

　돈을 갖고 튀는 자들, 그들도 이렇게 좀비가 된다. 좀비는 "낙원랜드"에만 있는 것이 아니다. 돈을 "낙원"으로 간주하는 모든 곳에 좀비 자본이 우글거린다. 김현식은 이 엄정한 현실을 향해 짐짓 경쾌한 잽을 날린다. 그러나 그의 잽은 세계의 부분이 아니라 항상 몸통 전체를 향해 있다. 그 주먹이 어떻게 가볍고 즐겁기만 하겠는가. 이 소설집의 외곽에서 해학의 북이 울릴 때 파시즘과 제국과 자본의 세계에 어둠의 조종이 함께 울린다. 끝

후리가리

머리를 자를지언정 머리카락은 못 자르겠다는 구한말 단발령 당시의 백성들 각오까지는 아니어도 비슷한 시대를 기록해두고 싶었습니다. 또한 졸작 『북에서 왔다』를 읽어주신 분들 중에서 적지 않은 분들이 소설 속 최대한 중사에 대한 연민을 표해주셨습니다. 1970년대 춘천을 소환하고 주인공으로 최대한을 소환한 까닭입니다. 아직 1980년대 서울에서의 이야기가 남았다는 것을 미리 밝혀 드립니다.

흡혈인간

서구에서 활발한 흡혈족의 이야기를 동양적으로 상상해보곤 했습니다. 특히 전국 방방곡곡 십자가가 도처에 널려 있고 마을을 상식(常食)하는 나라, 게다가 야간 통행금지까지 있었던 우리나라에 흡혈족이 온다면 어떤 상황이 벌어질까 상상해보곤 했습니다. 그런 까닭으로 우리나라를 첫 배경으로 소품을 꾸며보았습니다만 추후 십자가가 매우 드문 중국과 마늘 냄새가 거의 없는 일본을 배경으로 한 이야기도 염두에 두고 있습니다.

좀비, 디 오리진

좀비 소설과 좀비 영화가 전 세계적으로 붐입니다. 그런데 늘 궁금했습니다. 좀비는 왜, 어떻게 생겨났을까? 중세에 주술과 약물로 노예를 만든 것이 좀비의 시초로 알려졌습니다만, 현대에서는 환경, 세균 실험, 변이 바이러스 등으로 태어난다는 것이 서양의 시각입니다. 이러한 견해에 대하여 조금은 다른 시각으로, 그러니까 좀비는 일종의 '정신병'일수도 있다는 이야기를 들려주고 싶었습니다.

독종과 별종들

우연이겠지만 공교롭게도 세 작품 모두 정상의 인간에서 벗어난 인물들을 그리고 있습니다. 어쩌면 '나' 안에 살고 있는 또 '다른

나'일 수도 있는 '독종과 별종'의 모습을 보여주고 싶었는지도 모르겠습니다. '소설 같은' 세상에서 '소설보다 더한' 이야기가 넘치다 보니 '소설다운' 소설은 오히려 외면을 받고 있습니다. 그런 까닭에 '소설다운 소설'은 점점 더 희소해지고 있습니다. 그렇다면 '소설 같지도 않은' 막장 이야기나마 제대로 해보자는 욕심의 결과물이 이 책입니다.

세 편 모두 장편으로 구상했던 것들이지만, 달아실출판사 박제영 편집장의 말마따나 '엉덩이가 가벼워' 아쉽지만 변죽만 울린 꼴이 되었습니다. 다음번에는 '엉덩이가 짓무르도록' 절치부심(切齒腐心)하여 보다 진지한 작품으로 찾아뵐 것을 약속드립니다.

2023년 봄날

김현식

달아실에서 펴낸 김현식의 소설

북에서 왔시다(2018)
1907-네 개의 손(2019)
1907-일몰(2019)

김현식 소설집

독종과 별종들
도망쳐라, 잡히면 죽는다

1판 1쇄 발행   2023년 3월 30일

지은이   김현식
발행인   윤미소
발행처   (주)달아실출판사

책임편집   박제영
디자인   전부다
법률자문   김용진, 이종진

주소   강원도 춘천시 춘천로 257, 2층
전화   033-241-7661
팩스   033-241-7662
이메일   dalasilmoongo@naver.com
출판등록   2016년 12월 30일 제494호

ⓒ 김현식, 2023
ISBN 979-11-91668-71-1 03810